D

Daniel Glattauer

ALLE SIEBEN WELLEN

Roman

Deuticke

2 3 4 5 13 12 11 10 09

ISBN 978-3-552-06093-7

Satz: Eva Kaltenbrunner-Dorfinger, Wien
Druck und Bindung: CPI – Ebner & Spiegel, Ulm
Printed in Germany

KAPITEL EINS

Drei Wochen später
Betreff: Hallo
Hallo.

Zehn Sekunden später
AW:
ACHTUNG. GEÄNDERTE E-MAIL-ADRESSE. DER EMPFÄNGER KANN SEINE POST UNTER DER GEWÄHLTEN ADRESSE NICHT MEHR AUFRUFEN. NEUE E-MAILS IM POSTEINGANG WERDEN AUTOMATISCH GELÖSCHT. FÜR RÜCKFRAGEN STEHT DER SYSTEMMANAGER GERNE ZUR VERFÜGUNG.

Ein halbes Jahr später
Kein Betreff
Hallo!

Zehn Sekunden später
AW:
ACHTUNG. GEÄNDERTE E-MAIL-ADRESSE. DER EMPFÄNGER KANN SEINE POST UNTER DER GEWÄHLTEN ADRESSE NICHT MEHR AUFRUFEN. NEUE E-MAILS IM POSTEINGANG WERDEN AUTOMATISCH GELÖSCHT. FÜR RÜCKFRAGEN STEHT DER SYSTEMMANAGER GERNE ZUR VERFÜGUNG.

30 Sekunden später
RE:
Hört das nie auf?

Zehn Sekunden später
AW:
ACHTUNG. GEÄNDERTE E-MAIL-ADRESSE. DER EMPFÄNGER KANN SEINE POST UNTER DER GEWÄHLTEN ADRESSE NICHT MEHR AUFRUFEN. NEUE E-MAILS IM POSTEINGANG WERDEN AUTOMATISCH GELÖSCHT. FÜR RÜCKFRAGEN STEHT DER SYSTEMMANAGER GERNE ZUR VERFÜGUNG.

Drei Tage später
Betreff: **Rückfrage**
Guten Abend, Herr Systemmanager. Wie geht's immer? Kühler März, nicht wahr? Aber nach so einem milden Winter dürfen wir uns nicht beschweren, denke ich. Ach ja, bei der Gelegenheit: Ich habe bitte eine Rückfrage. Wir teilen uns einen gemeinsamen Bekannten. Leo Leike heißt er. Ich habe leider seine aktuelle E-Mail-Adresse verlegt. Wären Sie so nett und könnten Sie vielleicht ... Danke.
In freudiger virtueller Verbundenheit, Emmi Rothner.

Zehn Sekunden später
AW:
ACHTUNG. GEÄNDERTE E-MAIL-ADRESSE. DER EMPFÄNGER KANN SEINE POST UNTER DER GEWÄHLTEN ADRESSE NICHT MEHR AUFRUFEN. NEUE E-MAILS IM POSTEINGANG WERDEN AUTOMATISCH GELÖSCHT. FÜR RÜCKFRAGEN STEHT DER SYSTEMMANAGER GERNE ZUR VERFÜGUNG.

30 Sekunden später
RE:
Darf ich leise Kritik anbringen? Sie sind wenig abwechslungsreich. Angenehmen Nachtdienst, Emmi Rothner.

Zehn Sekunden später
AW:
ACHTUNG. GEÄNDERTE E-MAIL-ADRESSE. DER EMPFÄNGER KANN SEINE POST UNTER DER GEWÄHLTEN ADRESSE NICHT MEHR AUFRUFEN. NEUE E-MAILS IM POSTEINGANG WERDEN AUTOMATISCH GELÖSCHT. FÜR RÜCKFRAGEN STEHT DER SYSTEMMANAGER GERNE ZUR VERFÜGUNG.

Vier Tage später
Betreff: **Nur drei Fragen**
Herr Systemmanager, ein offenes Wort: Ich bin in einer Not-

situation. Ich brauche die aktuelle Adresse von Herrn »User« Leo Leike, ich brauche sie wirklich! Ich muss ihm DRINGEND drei Fragen stellen: 1.) Lebt er noch? 2.) Lebt er noch in Boston? 3.) Lebt er schon in einer neuen E-Mail-Beziehung? Wenn 1.) zutrifft, würde ich ihm 2.) nachsehen. Aber 3.) könnte ich ihm niemals verzeihen. Er darf in diesem halben Jahr fünfzehn neue Anläufe mit Marlene unternommen, darf sie täglich nach Boston haben einfliegen lassen. Er darf jede Nacht in billigen Bostoner Plüschbarbänken versumpft, jeden Morgen zwischen Betonbrüsten einer biederen blonden Bostoner Barbie-Beautybar-Behübscherin aufgewacht sein. Er darf dreimal geheiratet und jeweils dreieiige Drillinge an Land gezogen haben. Nur eines darf er nicht: ER DARF SICH IN KEINE ANDERE FRAU, DIE ER NOCH NIE GESEHEN HAT, SCHRIFTLICH VERLIEBT HABEN. Das bitte nicht! Das muss einmalig geblieben sein. Ich brauche diese Gewissheit, um halbwegs unbeschadet über die Nächte zu kommen. Bei uns bläst beharrlich der Nordwind.
Lieber Systemmanager, ich kann mir ungefähr ausmalen, was Sie mir antworten werden. Aber ich ersuche Sie dennoch: Springen Sie über Ihren Schatten und richten Sie Leo Leike, mit dem Sie garantiert in gutem Kontakt stehen, meine Botschaft aus. Und sagen Sie ihm, er kann sich ruhig einmal melden. Tun Sie's! Danach wird es Ihnen besser gehen. So, und jetzt dürfen Sie wieder Ihr Gebet sprechen. Freundliche Grüße, Emmi Rothner.

Zehn Sekunden später
AW:
ACHTUNG. GEÄNDERTE E-MAIL-ADRESSE. DER EMPFÄNGER KANN SEINE POST UNTER DER GEWÄHLTEN ADRESSE NICHT MEHR AUFRUFEN. NEUE E-MAILS IM POSTEINGANG WERDEN AUTOMATISCH GELÖSCHT. FÜR RÜCKFRAGEN STEHT DER SYSTEMMANAGER GERNE ZUR VERFÜGUNG.

Dreieinhalb Monate später
Betreff: Bitte weiterleiten
Hallo Leo, hast du neue Mieter auf Top 15? Falls du in Boston bist, warne ich dich. Wundere dich nicht über die Stromrechnung. Die haben die ganze Nacht das Licht an. Schönen Tag, schönes Leben, Emmi.

Zwei Minuten später
Kein Betreff
Hallo?

Eine Minute später
Kein Betreff
Huhu, Herr Systemmanager, wo sind Sie?

Eine Minute später
Kein Betreff
Muss ich mir Sorgen machen oder darf ich hoffen?

Elf Stunden später
Betreff: Zurück aus Boston
Liebe Emmi, dein Gespür ist verblüffend. Ich bin seit nicht einmal einer Woche wieder im Lande. Was also den Strom betrifft: den verbrauche ich selbst. Emmi, ich wünsche dir, ach, was wünsche ich dir nach so langer Zeit? Klingt wohl alles ziemlich banal. Am besten, wenn auch fünf Monate verfrüht: Frohe Weihnachten und ein gutes neues Jahr. Ich hoffe, es geht dir gut, mindestens zweimal so gut wie mir. Adieu. Leo.

Einen Tag später
Betreff: Ratlos
Was war das? War das was? Und wenn es was war, und was es auch war, war's das dann schon wieder? Ich kann's nicht glauben. E.

Drei Tage später
Betreff: Fassungslos
Leo, Leo, was ist aus dir geworden? Was hat Boston aus dir gemacht? E.

Einen Tag später
Betreff: Abschließend
Lieber Leo, das Gefühl, das du mir seit fünf Tagen gibst, ist schlimmer als jedes mir von dir jemals zuvor gegebene, und du hast mir wahrlich schon schlimme Gefühle gegeben, durch dich habe ich erst erfahren, wie schlimm schlimme Gefühle wirklich sein können. (Schöne übrigens auch.) Aber dieses hier kannte ich noch nicht: Ich bin dir lästig geworden. Du kommst aus Boston zurück, aktivierst dein »Outlook«, genießt den Ausblick auf fernschriftliche Rückeroberung der Heimat. Schon langen die ersten spannenden E-Mails fehlgeleiteter Zeitungsabonnentinnen ein. Stoff für neue geistige Abenteuer mit anonymen Frauen, vielleicht ist ja gar einmal eine unverheiratete dabei. Und dann: Ach, da schreibt eine gewisse Emmi Rothner. Der Name kommt dir irgendwie bekannt vor. War das nicht diejenige, die du in geschulter virtueller Rattenfängermanier schon so gut wie ins Bett geschrieben hattest, die bereits am Sprung in deine Arme war? Doch in einem letzten Reflex ihrer Vernunftbegabung ist sie dir schicksalhaft ferngeblieben, hat dich verfehlt, ist im Taumel um Haaresbreite an dir vorbeigeschrammt. Nun, neuneinhalb Monate sind vergangen, Frust und Frau waren für dich längst vergessen. Da meldet sie sich, taucht unverhofft in deiner Mailbox auf. Du wünscht ihr – sehr lustig, Leo, wie in deinen besten Zeiten – mitten im Sommerloch frohe Weihnachten und ein gutes neues Jahr. Und tschüss! Sie hat ihre Chance gehabt. Jetzt drängen neue nach. Da stört sie, da nervt sie. Also einfach ignorieren, Leo, nicht wahr? Sie wird schon aufhören. Sie hört schon auf. Sie hört auf, versprochen!

PS: Du hoffst, dass es mir »mindestens zweimal so gut« geht wie dir? Leider, Leo, ich weiß zwar nicht, wie gut es dir geht. Aber dafür, dass es mir mindestens zweimal so gut gehen könnte, geht es mir mindestens zehnmal zu schlecht. Aber das soll dich nicht weiter bekümmern. Emmi.
PPS: Danke, dass du mir noch einmal zugehört hast. Jetzt kannst du mir wieder deinen netten Systemmanager schicken. Mit dem kann man wenigstens ungestört über das Wetter plaudern.

Eine Stunde später
AW:
Ich hätte nicht zurückschreiben dürfen, liebe Emmi. Jetzt habe ich dich (schon wieder) verletzt, das wollte ich nicht. DU BIST MIR NIEMALS LÄSTIG. Das weißt du. Ich müsste mir sonst selbst lästig sein, denn du bist ein Teil von mir. Ich trage dich immer mit mir herum, quer durch alle Kontinente und Gefühlslandschaften, als Wunschvorstellung, als Illusion des Vollkommenen, als höchsten Liebesbegriff. So warst du mit mir fast zehn Monate in Boston, so bist du mit mir wieder heimgekehrt.
Aber, Emmi, mein physisch lebbares Leben ist inzwischen weitergegangen, es musste weitergehen. Ich bin dabei, mir etwas aufzubauen. Ich habe in Boston jemanden kennengelernt. Es ist noch zu früh, um, du weißt schon wovon, zu sprechen. Aber wir wollen es miteinander probieren. Sie hat einen Job hier in Aussicht, sie wird vielleicht herziehen.
In dieser Horrornacht, als unser »erstes und letztes Treffen« so kläglich am Nichtzustandekommen gescheitert ist, da habe ich unsere virtuelle Beziehung auf brutale Weise abgebrochen. Du hattest, auch wenn du es bis zuletzt nicht wahrhaben wolltest, eine Entscheidung getroffen, und ich habe dir geholfen, sie zu vollziehen. Ich weiß nicht, wie du heute dastehst mit Bernhard, mit deiner Familie. Ich will es auch gar nicht wissen, denn es hat nichts mit uns beiden zu tun. Für mich war

die lange Schweigepause notwendig. (Wahrscheinlich hätte ich sie nie mehr beenden dürfen.) Sie war notwendig, um unser einzigartiges Erlebnis zu konservieren, um unsere innige, vertraute, intime Nicht-Begegnung auf Lebenszeit haltbar zu machen. Wir hatten es auf die Spitze getrieben. Weiter ging es nicht. Eine Fortsetzung gibt es nicht, auch nicht, ja erst recht nicht ein Dreivierteljahr später. Bitte sieh es auch so, Emmi! Halten wir hoch, was war. Und belassen wir es dabei, sonst zerstören wir es. Dein Leo.

Zehn Minuten später
RE:
Leo, das war ein Glanzstück, ein Leckerbissen, du läufst binnen kurzer Zeit zu Hochform auf! – »Emmi, du bist zwar die Illusion des Vollkommenen, aber ich will nichts mehr mit dir zu tun haben.« Verstehe. Verstehe. Verstehe. Morgen mehr. Tut mir leid, das kann ich dir nicht ersparen. Gute Nacht, deine I.d.V.

Am nächsten Tag
Betreff: **Würdiger Abschluss**
Okay, ich halte hoch, was war. Ich belasse es dabei. Ich zerstöre nichts. Ich respektiere deine Haltung, lieber Ex-E-Brieffreund Leo »Weiter ging es nicht« Leike. Ich gebe mich damit zufrieden, dass du mich und »unsere Sache« schön in Erinnerung behalten willst. Für eine »Illusion des Vollkommenen« fühle ich mich selbst zwar ziemlich unvollkommen und reichlich desillusioniert, aber immerhin bin ich dein »höchster Liebesbegriff«, wenn auch offenbar von einem anderen Stern. Denn mit Cindy aus Boston – sie heißt sicher Cindy, ich habe sie vor mir, wie sie dir »I'm Cindy«, kicher, »but you can call me Cinderella«, kicher, kicher, ins Ohr flüstert –, also mit Cindy lassen sich vielleicht nicht die höchsten denkmöglichen, dafür aber irdische Begriffe von Liebe finden. Sie lassen sich finden und sie lassen sich vor allem leben. Mich trägst du – zur natür-

lichen Ausgewogenheit von Körper und Geist – als »Wunschvorstellung« mit dir herum, und da habe ich natürlich volles Verständnis, dass du darauf achten musst, dass ich dir nicht zu schwer werde, damit du dir keinen Wunschvorstellungsbruch hebst.

Okay, Leo, ich mache es »uns« leicht, ich mache es dir leicht, ich mache mich leicht, ich höre auf, ich ziehe mich aus deinem Leben zurück. Ich schreibe dir (bald!) keine E-Mails mehr. Ich verspreche es dir.

Darf deine »Wunschvorstellung« nur noch einen einzigen Wunsch äußern, einen allerallerallerletzten? – NUR EINE STUNDE, eine Stunde von Angesicht zu Angesicht. Glaube mir, ein besseres Konservierungsmittel für unser gemeinsam Erlebtes gibt es nicht. Denn das einzig vernünftige Ende einer innigen Nicht-Begegnung ist die Begegnung. Ich verlange nichts von dir, ich erwarte nichts von dir. Ich muss dich nur einmal in meinem Leben gesehen, gesprochen, gerochen haben. Ich muss einmal deine Lippen dabei beobachtet haben, wie sie sich zu »Emmi« formen. Ich muss einmal deine Wimpern betrachtet haben, wie sie sich vor mir verbeugen, bevor der Vorhang runtergeht.

Lieber Leo, du hast Recht, es gibt keine sinnvolle Fortsetzung für uns. Aber es gibt einen würdigen Abschluss. Ich bitte dich darum, nur noch darum! Deine Illusion des Vollkommenen.

Drei Stunden später
AW:
Pamela.

Eine Minute später
RE:
???

30 Sekunden später
AW:
Sie heißt nicht Cindy, sondern Pamela. Ja, ich weiß, das klingt ziemlich schlimm. Es ist immer gefährlich, wenn sich die Väter bei der Wahl der Vornamen der Töchter durchsetzen. Aber sie sieht ganz anders aus, ehrlich. Gute Nacht, Emmi. Leo.

40 Sekunden später
RE:
Lieber Leo, dafür mag ich dich so sehr! Bitte verzeih mir meine Untergriffe. Ich fühle mich so schwach, so, so, so schwach. Gute Nacht. Emmi.

KAPITEL ZWEI

Am nächsten Tag
Betreff: **Also gut**
Wir treffen uns. Leo.

Drei Minuten später
RE:
Ein Mann, drei Worte! Ausgezeichnete Idee, Leo. Wo?

Eine Stunde später
AW:
In einem Kaffeehaus.

Eine Minute später
RE:
Mit zehn Fluchtwegen und fünf Notausgängen.

Fünf Minuten später
AW:
Ich schlage vor: im Großen Messecafé Huber. So nah wie dort waren wir uns nie und nirgendwo. (Ich meine: räumlich.)

40 Sekunden später
RE:
Schickst du wieder deine schöne Schwester zur Emmi-Sondierung vor?

50 Sekunden später
AW:
Nein, diesmal gehe ich alleine, offen und direkt auf dich zu.

Drei Minuten später
RE:
Leo, deine an sich wesensfremde Entschlossenheit irritiert mich. Warum so plötzlich? Warum willst du mich treffen?

40 Sekunden später

AW:

Weil du es willst.

30 Sekunden später

RE:

Und weil du es hinter dir haben willst.

Zwei Minuten später

AW:

Weil ich will, dass du hinter dir hast zu glauben, dass ich es hinter mir haben will.

30 Sekunden später

RE:

Leo, weiche nicht aus. Du willst es hinter dir haben!

Eine Minute später

AW:

Wir wollen es beide hinter uns haben. Wir wollen es gut hinter uns bringen. Es geht um einen »würdigen Abschluss«. Deine Worte, liebe Emmi.

50 Sekunden später

RE:

Aber ich will nicht, dass du mich triffst, nur um es hinter dir zu haben. Ich bin nicht deine Zahnärztin!

Eineinhalb Minuten später

AW:

Obwohl du oft punktgenau den Nerv triffst. EMMI, BITTE!! Wir ziehen das jetzt durch. Es war dein ausdrücklicher Wunsch, und es war ein berechtigter Wunsch. Du hast uns versprochen, dass wir unser »Uns« damit nicht zerstören. Ich vertraue auf dich und dein »Uns« und mein »Uns« und unser gemeinsames

»Uns«. Wir treffen uns von Angesicht zu Angesicht, für eine Stunde bei einem Kaffee! Wann hast du Zeit? Samstag? Sonntag? Mittag? Nachmittag?

Drei Stunden später
Kein Betreff
Kriege ich heute keine Antwort mehr, Emmi? Wenn nein, gute Nacht! (Wenn ja, gute Nacht!)

Eine Minute später
RE:
Leo, hast du noch ein Gefühl, wenn du mir schreibst? Ich hab nämlich so das Gefühl, dass du keines mehr hast. Und dieses Gefühl fühlt sich gar nicht gut an.

Zwei Minuten später
AW:
Emmi, ich habe riesige Schränke und Truhen voll Gefühle für dich in mir. Aber ich habe auch den passenden Schlüssel dafür.

40 Sekunden später
RE:
Kommt der Schlüssel zufällig aus Boston und heißt »Pamela«?

50 Sekunden später
AW:
Nein, der Schlüssel ist international und heißt »Vernunft«.

30 Sekunden später
RE:
Der sperrt bei dir aber nur in eine Richtung. Der sperrt nur zu. Und drinnen in den Schränken ersticken dir die Gefühle.

40 Sekunden später
AW:
Meine Vernunft achtet darauf, dass meine Gefühle immer genug Luft kriegen.

30 Sekunden später
RE:
Aber nach draußen dürfen sie nicht. Frei sind sie niemals. Leo, ich sage dir, du hast einen eingeschränkten Gefühlshaushalt. Daran solltest du arbeiten. So, ich werde mich für heute verabschieden (rät mir meine Vernunft) und werde die Worte, die du über unser bevorstehendes Treffen verloren oder nicht verloren hast, auf mich wirken lassen. Gute Nacht!

20 Sekunden später
AW:
Schlaf gut, Emmi!

Am nächsten Tag
Betreff: **Zielgerade**
Hallo Leo, bringen wir's hinter uns: Ich kann am Samstag um 14 Uhr. Soll ich dir sagen, wie ich aussehe, damit du mich nicht lange suchen musst? Oder willst du von mir gefunden werden, sitzt irgendwo gelangweilt in der Masse, blätterst in einer Zeitung und wartest darauf, dass ich dich anspreche? Im Tonfall à la: »Entschuldigung, ist der Sessel noch frei? Äh, sind Sie zufällig Herr Leike mit dem verschlossenen Gefühlsschrank? Ich wäre dann also Emmi Rothner, freut mich, doch noch Ihre Bekanntschaft zu machen beziehungsweise gemacht zu haben. Und …« – zur Zeitung schielend –, »… was gibt es sonst noch Neues in der Welt?«

Zwei Stunden später
Betreff: Sorry
Leo, verzeih mir bitte meine vorige E-Mail! Sie war so, so, so … Jedenfalls war sie nicht besonders nett. Dafür hätte ich eigentlich den Systemmanager verdient.

Zehn Minuten später
AW:
Welchen Systemmanager?

50 Sekunden später
RE:
Ach, vergiss es. Das ist ein Running Gag zwischen mir und mir. Ist Samstag, 14 Uhr, für dich okay?

Eine Minute später
AW:
Samstag, 14 Uhr, ist gut. Hab einen angenehmen Mittwoch, liebe Emmi!

40 Sekunden später
RE:
Was so viel bedeutet wie: »Rechne an diesem Mittwoch mit keiner E-Mail mehr von Leo, liebe Emmi.«

Sieben Stunden später
Kein Betreff
Du stehst wenigstens dazu!

Drei Stunden später
Betreff: Nur so
Leo, brennt noch Licht bei dir? (Du musst nicht antworten. Ich hab es mich nur gefragt. Und wenn ich es mich frage, dann kann ich es eigentlich auch gleich dich fragen, oder?)

Drei Minuten später
AW:
Bevor du dir eine falsche Antwort gibst, Emmi: Ja, es brennt noch Licht. Gute Nacht!

Eine Minute später
RE:
Was machst du? Gute Nacht.

50 Sekunden später
AW:
Ich schreibe. Gute Nacht.

40 Sekunden später
RE:
Wem schreibst du? Pamela? Gute Nacht.

30 Sekunden später
AW:
Ich schreibe dir! Gute Nacht.

40 Sekunden später
RE:
Du schreibst mir? Was schreibst du mir? Gute Nacht.

20 Sekunden später
AW:
Gute Nacht.

20 Sekunden später
RE:
Ah so, klar. Gute Nacht.

Am nächsten Tag

Betreff: **Noch zwei Tage**

Lieber Leo, das ist die letzte E-Mail, die ich dir schicke, bevor du mir (zuerst) eine geschickt hast. Ich schicke sie dir nur, um dir das ausgerichtet zu haben. Solltest du nicht mehr antworten, sehen wir uns übermorgen um 14 Uhr im Messecafé. Ich werde sicher nicht mit dem Leo suchenden Irr-Blick durch das Kaffeehaus (abschieds-)lustwandeln. Ich werde an einem kleinen Tisch abseits vom Getümmel sitzen und warten, bis der Mann, der mit mir zwei Jahre schriftlich Gefühle auf- und abgebaut hat, ehe er nach Boston aufbrach und seinen eigens angefertigten Emmi-Gefühlsschrank versperrte, bis dieser Mann zu mir gefunden und Platz genommen hat, damit wir das Kopfabenteuer endlich würdevoll hinter uns bringen können. Ich ersuche dich deshalb, bemüht zu sein, mich zu erkennen. Du hast bekanntlich drei Varianten zur Auswahl. Solltest du dich nicht mehr erinnern, wie mich deine Schwester beschrieben hat, gebe ich dir gerne ein paar Stichworte. (Zuuuuuuufällig besitze ich noch deine E-Mail von damals.) Emmi eins: klein, kurze dunkle Haare (könnten in eineinhalb Jahren allerdings gewachsen sein), burschikos, »mit würdevoller Arroganz überspielte leichte Unsicherheit«, erhabener Kopf, feine Gesichtszüge, schnelle Motorik, speedig, temperamentvoll. Emmi zwei: groß, blond, vollbusig, weiblich, langsam in den Bewegungen. Emmi drei: mittelgroß, brünett, schüchtern, scheu, melancholisch. So, ich glaube, du solltest mich finden. Schreib mir zurück oder verbring jedenfalls noch zwei entspannte Tage, mein Lieber. Und pass auf deinen Schlüssel auf! Emmi.

Zehn Minuten später

AW:

Liebe Emmi, du hast es mir leicht gemacht, dich zu erkennen, vermutlich leichter, als du wolltest. Du hast mir endgültig verraten, dass du Emmi eins bist, was ich immer schon vermutet hatte. Willst du wissen, wodurch?

Eine Minute später
RE:
Natürlich! Ich liebe den aufgeregten Hobby-Psychologen in dir, Leo! Damit kann man dich vom Kreislaufstillstand ins Leben zurückholen und dich sogar im absolut gefühlsverschränkten Zustand zu E-Mails nötigen.

15 Minuten später
AW:
Liebe Emmi eins, zuuuuuuufällig besitze auch ich noch unsere E-Mails von damals, als wir uns ferndiagnostizierten: Bei »Emmi zwei« hast du die von meiner Schwester zugewiesenen Attribute »sehr souverän«, »selbstsicher, cool«, »beobachtet Männer perfekt beiläufig« und Merkmale wie »schlanke lange Beine« und »schönes Gesicht« unter den Tisch fallen lassen. Dir war nur noch wichtig, auf ihre langsamen Bewegungen und auf ihren großen Busen (mit einem solchen du ja schon immer auf Kriegsfuß gestanden hast, seit wir uns kennen) hinzuweisen. Man merkt also, dass du sie nicht sonderlich magst. Also bist du nicht sie. Ähnlich bei »Emmi drei«. Sie interessiert dich nicht. Du streichst ausgerechnet ihre Schüchternheit heraus, ein Wesenszug, der dir selbst vollkommen fremd sein dürfte. Und du verschweigst ihren »exotischen Teint«, ihre »mandelförmigen Augen«, ihren »verschleierten Blick«, all das, was an ihr interessant klingen könnte. Einzig bei »Emmi eins« bist du großzügig in deinen Betrachtungen, liebe Emmi eins. Dir ist es wichtig darauf hinzuweisen, dass ihre kurzen dunklen Haare gewachsen sein könnten, du zitierst ihre »mit würdevoller Arroganz überspielte leichte Unsicherheit«, ihren »erhabenen Kopf« und ihr Temperament. Dabei nennst du den Begriff »speedig«, aber »hektisch« und »nervös« lässt du aus. Diese Eigenschaften magst du eben nicht so gern an dir. Also, liebe Emmi eins, ich freue mich, dich am Samstagnachmittag dunklen Haares, erhabenen Hauptes und speediger Laune am Kaffeehaustisch anzutreffen. Bis bald, Leo.

Zehn Minuten später
RE:
Wenn ich gewusst hätte, wie euphorisch du sein (schreiben) kannst, wenn du glaubst, etwas durchschaut zu haben, hätte ich mich mehr darum bemüht, durchschaubarer für dich zu sein, mein Lieber. Ich warne dich dennoch: Rechne lieber mit jeder Emmi. Wer weiß, wie das Leben draußen spielt, wie stark oder schwach es jenes hier drinnen widerspiegelt, wo sich Worte ihren Reim auf sich selbst machen dürfen. Im Übrigen bist stets du der von uns beiden gewesen, der mit der weiblichen Oberweite auf Kriegsfuß stand, mein Bester. Allein die Erwähnung löst bei dir offenbar ödipale Stresssituationen aus. Anders kann ich es mir nicht erklären, warum du ewig auf dem »großen Busen« herumreitest, wenn ich das einmal so metaphorisch formulieren darf. Bis bald, Emmi.

Fünf Minuten später
AW:
Das können wir ja gerne am Kaffeehaustisch diskutieren. Es sieht ganz danach aus, dass wir über das Thema »Busen, ja, nein, groß, klein« ohnehin nicht hinauskommen werden, meine Liebe, meine Beste, meine liebe Beste.

Zehn Minuten später
RE:
Folgende Gesprächsthemen scheiden für unser Treffen bitte aus:
1.) Busen und sämtliche andere Körperteile. (Ich möchte nicht über Äußerlichkeiten sprechen, die sehen wir ohnehin.)
2.) »Pam« (und wie sie sich ihre Zukunft an der Seite von Leo Gefühlskasten Leike im »alten Europa« vorstellt).
3.) Wie alle privaten und Emmi-fernen Angelegenheiten von Leo Leike.
4.) Wie auch alle privaten und Leo-fernen Angelegenheiten von Emmi Rothner.

In dieser einen Stunde soll es bitte, bitte, bitte nichts anderes und niemanden anderen als uns beide geben. Schaffen wir das?

Acht Minuten später
AW:
Und worüber wollen wir tatsächlich reden? Viel lässt du ja nicht mehr übrig.

15 Minuten später
RE:
Leo, ich glaube, du kriegst es langsam wieder mit der Angst zu tun – mit deiner chronisch schlummernden Emmi-Berührungsangst. Da würdest du dich thematisch schon ganz gern an einem »großen Busen« anhalten können, stimmt's? Worüber wir reden wollen? – Ist mir egal. Erzählen wir uns Kindheitserlebnisse. Ich werde nicht auf Form und Inhalt deiner Worte achten, nur auf die Art, wie du sie aussprichst. Leo, ich will dich reden SEHEN. Ich will dich zuhören SEHEN. Ich will dich atmen SEHEN. Ich will dich nach einer so langen Zeit enger, vertrauter, verheißungsvoller, gebremster, unaufhörlicher, abgebrochener, erfüllter, unerfüllter Virtualität endlich, ja schlussendlich, eine Stunde wirklich SEHEN. Sonst nichts.

Sieben Minuten später
AW:
Ich hoffe, du wirst nicht enttäuscht sein. Denn besonders aufregend SEHE ich nicht aus, weder beim Reden noch beim Zuhören und schon gar nicht beim Atmen. (Ich bin erkältet.) Aber du hast es so gewollt, du hast dir das Treffen gewünscht.

Drei Stunden später
Betreff: ??
Habe ich (wieder) etwas Falsches gesagt? Schönen Abend noch. Leo.

Am nächsten Tag

Betreff: Angst

Guten Morgen, Emmi. Ja, ich habe Angst. Ich habe Angst, dass die Bedeutung, die ich für dich hatte (und vielleicht zum Teil noch immer habe), mit einem Schlag verloren geht, wenn du mich gesehen hast. Ich glaube nämlich, meine Buchstaben lesen sich auf dem Bildschirm besser, als sich mein Gesicht ansieht, wenn es die Buchstaben spricht. Vielleicht bist du schockiert, an wen du zwei Jahre lang Gedanken und Gefühle verschwendet hast, und welcher Art sie waren. Das hatte ich gemeint, als ich dir gestern schrieb: »Aber du hast es so gewollt, du hast dir das Treffen gewünscht.« Ich hoffe, du verstehst mich jetzt. Wenn du nicht mehr antwortest: Bis morgen. Leo.

Fünf Stunden später

RE:

Ja, ich verstehe dich jetzt, du hast dich wirklich schön klar ausgedrückt. Dir ist es bei unserem »Uns« schon immer und bis heute ausschließlich darum gegangen, welche Bedeutung DU für MICH haben könntest. Daran misst du nämlich die Bedeutung, die ICH für DICH habe. Das heißt: Bedeutest du mir viel, bedeute ich dir etwas. Bedeutest du mir wenig, bedeute ich dir nichts. Klar, dabei bin ich für dich physisch verzichtbar, dafür musst du mich nicht eigens treffen, und deshalb hält sich deine Begeisterung auch in Grenzen, es nun gezwungenermaßen doch noch zu tun. Denn wer und was ICH wirklich bin, war und ist für dich bedeutungslos. Aber, Leo, was deine Angst betrifft, kann ich dich beruhigen: Deine Bedeutung für mich ist auf dem besten Wege, schon vor dem Treffen verloren gegangen zu sein (auch wenn das jetzt kein deutscher Satz war). Da kannst du aussehen, wie du willst, mein Bester.

Zehn Minuten später
AW:
Am besten, wir lassen das Treffen, meine Beste.

20 Sekunden später
RE:
Ja, lassen wir es. Am besten, du aktivierst gleich wieder deine Abwesenheitsnotiz, mein Bester.

Zehn Minuten später
AW:
Meine Schuld. Ich hätte dir nach Boston niemals antworten dürfen.

Eine Minute später
RE:
Meine Schuld. Ich hätte dir niemals schreiben dürfen, dass auf Top 15 um drei Uhr morgens Licht brennt. Was geht mich dein Licht an? Übrigens, damit du deine Bedeutung für mich nicht allzu sehr überschätzt: Ich bin damals nur zufällig mit dem Taxi vorbeigefahren.

Zwei Minuten später
AW:
Mein Licht geht dich zwar tatsächlich nichts an, aber ich habe sehr fein von dir gefunden, dass du mit mir Strom sparen wolltest. Übrigens, auch wenn es für unsere Situation bedeutungslos erscheint: Von einem Taxi aus sieht man nicht, ob auf Top 15 Licht brennt oder nicht.

Eine Minute später
RE:
Dann war es eben ein Stockautobus oder ein Propellerflugzeug. Ist ja aus heutiger Sicht völlig egal. Nacht!

Sieben Stunden später
AW:
Falls du nicht gerade zufällig vorbeigeflogen bist und es ohnehin gesehen hast: Auf Top 15 brennt heute Nacht wieder Licht. Ich kann nicht schlafen.

Zehn Minuten später
Betreff: **Bedeutendes**
Lasse es mich klarstellen, Emmi.
1.) Was du mir bedeutest, bedeutet mir mindestens so viel wie das, was ich dir bedeute.
2.) Gerade weil du mir so viel bedeutest, bedeutet es mir viel, dass auch ich dir möglichst viel bedeute.
3.) Hättest du mir nicht so viel bedeutet, wäre es mir egal gewesen, wie viel ich dir bedeute.
4.) Da es mir aber keineswegs egal ist, bedeutet dies, dass du mir so viel bedeutest, dass es mir nicht egal sein kann, wie viel ich dir bedeute.
5.) Wüsstest du, wie viel du mir bedeutest, dann könntest du verstehen, warum ich meine Bedeutung für dich nicht verlieren will.
6.) Fazit eins: Du wusstest offenbar nicht, wie viel du mir bedeutest.
7.) Fazit zwei: Vielleicht weißt du es jetzt.
8.) Ich bin müde. Gute Nacht.

Vier Stunden später
RE:
Guten Morgen, Leo. Das hat noch niemand zu mir gesagt. Und ich glaube auch nicht, dass das schon einmal irgendjemand zu irgendjemandem gesagt hat. Nicht nur, weil man so etwas kein zweites Mal so (umständlich) formulieren könnte. Sondern weil kaum einer in der Lage wäre, so tief emotionell zu denken. Ich danke dir so sehr dafür. Du ahnst nicht, was es mir bedeutet!!! Heute um 14 Uhr im Messecafé?

Eine Stunde später
AW:
Heute um 14 Uhr im Messecafé.

Eine Minute später
RE:
Also in vier Stunden und sechsundzwanzig Minuten.

Eine Minute später
AW:
Fünfundzwanzig.

Eine Minute später
RE:
Vierundzwanzig.

40 Sekunden später
AW:
Und du kommst diesmal wirklich!

50 Sekunden später
RE:
Aber sicherlich. Und du?

Zwei Minuten später
AW:
Ja, natürlich. Ich werde uns doch nicht um unseren »würdevollen Abschluss« bringen.

20 Minuten später
RE:
War das vorhin deine letzte E-Mail?

20 Sekunden später
AW:
Nein. Und das hier deine?

30 Sekunden später
RE:
Auch nicht. Bist du aufgeregt?

20 Sekunden später
AW:
Ja. Du?

25 Sekunden später
RE:
Ja, sehr.

30 Sekunden später
AW:
Musst du aber nicht sein. Ich bin ein ziemlich durchschnittlicher, wenig zur Aufregung Anlass gebender Mensch, wenn man mich das erste Mal sieht.

20 Sekunden später
RE:
Leo, für Schadensbegrenzung ist es zu spät! War das vorhin deine letzte E-Mail?

30 Sekunden später
AW:
Meine vorletzte, liebe Emmi.

40 Sekunden später
RE:
Das hier ist meine letzte! Bis dann, lieber Leo. Willkommen im Neuland der Begegnung.

KAPITEL DREI

Am Abend des gleichen Tages
Kein Betreff
Danke, Emmi. Leo.

Am Morgen des nächsten Tages
Kein Betreff
Nichts zu danken, Leo. Emmi.

Zwölf Stunden später
Betreff: War es …
… so schlimm?

Zwei Stunden später
RE:
Warum fragst du, Leo? Du weißt, wie es war. Du warst dabei. Du bist deiner »Illusion des Vollkommenen« 67 Minuten leibhaftig gegenübergesessen und hast sie mindestens 54 Minuten davon angelächelt. Ich fange erst gar nicht an aufzuzählen, was du in dieses Lächeln alles hineingepackt hast, so umfangreich war das Programm. Eine anständige Portion Verlegenheit war jedenfalls auch dabei. Aber nein, es war nicht schlimm. Schlimm war es überhaupt nicht. Ich hoffe, deinem Hals geht es besser. Wie gesagt: Isla-Mint-Pastillen, am besten die mit Johannesbeergeschmack. Und vor dem Schlafengehen mit Salbeitee gurgeln! Schönen Abend noch, Emmi.

Zehn Minuten später
AW:
»Schlimm war es überhaupt nicht.« Was war es dann, liebe Emmi? Was war es überhaupt?

Fünf Minuten später
RE:
Hey Leo, seit wann stellst du die spannenden Fragen? Bist du nicht derjenige von uns beiden, der für die spannenden Ant-

worten zuständig ist? Also: Wenn es nicht schlimm war, was war es wohl dann, lieber Leo? Lass dir ruhig Zeit. Gute Nacht. Emmi.

Drei Minuten später
AW:
Wie können zwei identische Emmis in so unterschiedlichem Tonfall schreiben und reden?

50 Sekunden später
RE:
Hartes Training, Herr Sprachpsychologe! Und jetzt schlafe gut, träume schön und atme frei.
Übrigens: »Danke, Emmi«, war schwach, lieber Leo. Sehr schwach. Weit unter deinen Möglichkeiten.

Am Abend des nächsten Tages
Betreff: **Der Fremde**
Liebe Emmi, seit einer Stunde lösche ich E-Mail-Fragmente, in denen ich versuche zu beschreiben, wie es mir bei unserem Treffen mit dir ergangen ist. Ich schaffe es nicht, meine Eindrücke zu bündeln. Was immer ich über dich sage, klingt banal, phrasenhaft, »weit unter meinen Möglichkeiten«. Jetzt probiere ich es andersrum. Ich erzähle dir, wie es DIR bei unserem Treffen mit mir ergangen ist. Darf ich mich ausnahmsweise deiner griffigen Punktetabelle bedienen? Also:
1.) Dich hat gestört, dass ich vor dir dort war.
2.) Dich hat gewundert, dass ich dich sofort erkannt habe, weil du ja wusstest, dass ich nicht mit »dieser« Emmi gerechnet hatte.
3.) Dich hat befremdet, dass ich dich auf die Wange geküsst habe, als wäre das ein über Jahre einstudiertes Zeremoniell zwischen uns. (Die zweite Wange hast du mir verwehrt, ich hab's verstanden.)
4.) Du hattest von der ersten Sekunde an das Gefühl, einem

Fremden gegenüberzusitzen, der behauptete, Leo Leike zu sein, der aber jeden Beweis schuldig blieb, dass er es war.
5.) Dieser Fremde war dir keineswegs unsympathisch. Er sah dir in die Augen. Er brachte den Mund auf und schloss ihn rechtzeitig. Er erzählte keine ausufernden Geschichten. Er geriet nicht in Panik, wenn längere Sprechpausen entstanden. Er hatte weder Mundgeruch noch zuckten seine Augenbrauen. Er war ein kurzweiliger, unpeinlicher, wenn auch heiserer Gesprächspartner. Du musstest aber dennoch immer wieder die schöne smaragdgrüne Armbanduhr, die sich ein wahrlich graziles Handgelenk ausgesucht hatte, befragen, wie lange du noch gezwungen sein würdest, Nähe vorzutäuschen beziehungsweise vorgetäuscht zu bekommen, die es im öffentlich zugänglichen Raum nicht einmal in feinsten Nuancen gab. Nichts an mir kam dir bekannt vor. Nichts an mir war dir vertraut. Nichts an mir hat dich berührt. Nichts an mir hat dich an Schreiber Leo erinnert. Nichts aus der Mailbox hatte sich auf den Kaffeehaustisch übertragen lassen. Keine deiner Erwartungen hatte sich erfüllt, liebe Emmi. Und deshalb bist du, was das Kapitel Leo Leike betrifft, einigermaßen, nein, »enttäuscht« wäre zu hoch gegriffen. Ernüchtert. Ernüchtert trifft es eher: »Das ist er also wirklich, der Leo Leike. Aha. Na ja.« So wirst du jetzt wohl denken. Stimmt's?

Eine Stunde später
RE:
Ja, danke für das Kompliment, lieber Leo. Die grüne Uhr ist wirklich schön, ich trage sie schon seit vielen Jahren. Ich habe sie bei einem serbischen Antiquitätenhändler in Leipzig erstanden. »Geht gut, du gucken Tag, du gucken Nacht, immer so richtig Zeit«, hat er versprochen. Und tatsächlich: Wann immer ich auf die Uhr schaute, dann war es so richtig Zeit. So, und es ist wieder einmal so richtig Zeit. Alles Liebe. Emmi.

Zehn Minuten später
AW:
Liebe Emmi, ich finde deine Ausweichmanöver ja wirklich sehr elegant, geradezu kokett. Aber meinst du nicht, dass es fair wäre, mir zu sagen, warum du sauer bist? Ich würde mir in der Nacht dann etwas leichter tun, mit dem Schlaf, wenn du verstehst.

20 Minuten später
RE:
Okay, Leo, eigentlich hätte mich ja mehr interessiert, wie DU über mich denkst und was DU gefühlt hast oder hättest (vorausgesetzt, du hättest gefühlt). Meine eigenen Regungen und Empfindungen kenne ich selbst nach dem Treffen doch noch immer um eine Spur besser als du. Glaub es mir. Aber lieb, dass du dir die Mühe gemacht hast. Gute Nacht.

Am nächsten Abend
Betreff: **Der Nichtvorhandene**
Lieber Leo, ich sehe schon, du verkrampfst dich derzeit ein bisschen beim Schreiben. Vielleicht hast du dich mit deiner Lockerheit am Kaffeehaustisch übernommen. Aber ich will kein Spielverderber sein: Ich verrate dir, wie es DIR bei unserem Treffen mit mir ergangen ist. Also:
1.) Du warst so blendend darauf vorbereitet, jeder Emmi, die da kommen mochte, der perfekte, gewandte, galante, souveräne und doch so bescheiden auftretende würdevolle E-Mail-Beziehungsabschließer Leo Leike zu sein, dass es beinahe schon egal war, welche Emmi dann tatsächlich kam.
2.) Gratuliere, Leo, du hast es dir kaum anmerken lassen, wie verblüfft du warst, wie anders ich aussah, als du gedacht hattest.
3.) Gratuliere, Leo, du hast es dir kaum anmerken lassen, wie sehr es dich wunderte, wie mittelgroß, brünett, schüchtern und scheu ich auf einmal sein konnte. (Die Melancholie hatte

ich sicherheitshalber an der Garderobe abgegeben, und das war auch gut so.)

4.) Gratuliere, Leo, du hast dir kaum anmerken lassen, wie schwer es dir fiel, dich mit deinen glasklar gebirgsflussfarbig umrundeten Pupillen in meinen Augen einzuparken und dabei dein unverfängliches, zurückhaltend freundliches Ich-nehme-die-Emmis-wie-sie-kommen-Lächeln aufrechtzuerhalten.

5.) Leo, du wärest bei einem Ranking der hundert sympathischsten Blind-Dater, mit denen sich der Durchschnitt aller Emmis zwischen zwanzig und sechzig auch vorbehaltlos ein zweites Mal – mindestens zum Pferdestehlen – treffen würde, garantiert unter die Top Five gekommen. (Punkteabzüge gibt es einzig für deinen in seiner perfektionistischen Flüchtigkeit etwas überhasteten Wangenkuss, daran solltest du tatsächlich noch feilen.)

6.) Aber leider, leider, leider! Ich bin nicht der Durchschnitt der Emmis, sondern nur diese eine, die dich tatsächlich »persönlich« gekannt zu haben glaubte und die dich auch schon an Tagen (und Nächten!) der offenen Gefühlsschränke erlebt haben wollte. (Zufällig waren da zumeist auch deine Weinschränke offen.)

7.) Nein, lieber Leo, du warst mir nicht fremd, du hast mir gar nicht die Chance gegeben, dich als Fremden zu betrachten. Du warst nämlich, abgesehen von deiner äußeren Hülle, gar nicht anwesend, du hast dich vor mir in aller Öffentlichkeit versteckt.

8.) Unser Treffen in sieben Worten: Ich war scheu und du warst verschlossen. Ernüchternd? Tja, wenn ich ehrlich bin, schon ein wenig. Die zwei Jahre davor – inklusive dem Dreivierteljahr deiner inneren Emmi-Gration nach Boston – waren da schon um einiges gehaltvoller. Wangenkuss. Ich packe jetzt meine Melancholie aus und gehe damit unter die Dusche.

Vier Stunden später
Betreff: **Ach ja**
Schicke Jacke übrigens. Blau steht dir gut. Ach, und angenehme London-Reise! (Musst nicht mehr zurückschreiben.)

Fünf Minuten später
AW:
Darf ich dich etwas »Persönliches« fragen, Emmi?

50 Sekunden später
RE:
Na, das kann eine Frage werden!

40 Sekunden später
AW:
Bist du noch mit Bernhard zusammen?

30 Sekunden später
RE:
Schon. Doch. Klar. Sicher. Warum fragst du?

40 Sekunden später
AW:
Ach, nur aus »persönlichem« Interesse.

20 Sekunden später
RE:
An mir?

30 Sekunden später
AW:
An deinen Lebensumständen.

50 Sekunden später
RE:
Soso. Darf ich dich auch was »Persönliches« fragen, Leo?

20 Sekunden später
AW:
Du darfst.

20 Sekunden später
RE:
Bedauerst du, dass du mich gesehen hast?

30 Sekunden später
AW:
Darf ich dich dazu etwas sehr »Persönliches« fragen, Emmi?

20 Sekunden später
RE:
Du darfst.

30 Sekunden später
AW:
Kann man das bedauern?

40 Sekunden später
RE:
Soll ich dir ehrlich und »sehr persönlich« darauf antworten?

20 Sekunden später
AW:
Du sollst.

30 Sekunden später
RE:
Ich dachte immer: Nein, das kann man nicht bedauern. Aber dir hätte ich es zugetraut. Gute Nacht, mein lieber Schreiber.

20 Sekunden später
AW:
Seit ich dich gesehen habe, bewundere ich dich noch zehnmal mehr dafür, wie selbstsicher du deine Unsicherheit ironisieren kannst. Gute Nacht, meine liebe Schreiberin.

40 Sekunden später
RE:
Schön, der virtuelle Leo gewinnt langsam wieder die Oberhand. Solltest du irgendwann einmal deinen Gefühlsschrank lüften: Denke an die selbstsicher ihre Unsicherheit ironisierende Emmi.

30 Sekunden später
RE:
Kommt »Pam« eigentlich mit nach London?

40 Sekunden später
AW:
Sie ist schon dort.

30 Sekunden später
RE:
Oh, wie praktisch. Na dann, gute Landung, gute Nacht!

20 Sekunden später
AW:
Gute Nacht, Emmi.

KAPITEL VIER

Vier Wochen später
Betreff: **Hallo Emmi!**
Hallo Emmi, bist du gestern Nacht zufällig mit der Propellermaschine bei Top 15 vorbeigeflogen und hast Fotos gemacht? Oder war's doch nur ein Gewitter? Jedenfalls hab ich an dich gedacht und konnte nicht mehr einschlafen. Wie geht es dir? Alles Liebe. Leo.

Fünf Stunden später
RE:
Hallo Leo, welche Überraschung! Ich hätte nicht gedacht, dass du dich nach sattsam verdauter »Begegnung« und einem Monat Stillschweigen doch noch einmal aufraffst, mir eine E-Mail zu schreiben. Wem schreibst du sie eigentlich? Und an wen denkst du da, wenn du an mich denkst (weil dich Blitz und Donner charmanterweise an mich erinnert haben)? Denkst du an deine gesichts- und körperlose »Wunschvorstellung« von früher, an deinen »höchsten Liebesbegriff«, an deine »Illusion des Vollkommenen«? Oder denkst du an die Schüchterne mit dem Schleierblick im Messecafé? (Wenn du innerhalb der nächsten vier Wochen antwortest, dann gehe ich noch einen Schritt weiter und frage dich, WAS konkret du denkst, wenn du an eine von uns beiden denkst.) Alles Liebe. Emmi.

30 Minuten später
AW:
Ich denke an diejenige Emmi, die sich mit Fingerspitzen, die so zart sind, als würden sie ihr davonfließen, alle halben Minuten imaginäre Haarsträhnen aus den Augen hinters Ohr streicht, als wollte sie auf diese Weise ihren Blick vom Schleier befreien, um die Dinge endlich auch einmal so scharf und klar zu sehen, wie sie sie längst schon beschreiben kann. Und ich frage mich wieder und immer wieder, ob diese Frau wohl glücklich ist in ihrem Leben.

Zehn Minuten später
RE:
Lieber Leo, jeden Tag so eine E-Mail, und ich wäre die glücklichste Frau der Welt.

Drei Minuten später
AW:
Danke, Emmi. Aber leider setzt sich Glück nicht aus E-Mails zusammen.

Eine Minute später
RE:
Sondern? Woraus setzt sich Glück zusammen? Sag es mir, ich würde es zu gerne wissen!!!

Fünf Minuten später
AW:
Aus Geborgenheiten, Vertrautheiten, Gemeinsamkeiten, Zuwendungen, Erlebnissen, Eingebungen, Ideen, Vorstellungen, Herausforderungen, Zielen. Und die Liste ist garantiert unvollständig.

Drei Minuten später
RE:
Huuuch, das klingt nach purem Stress, nach modernem Zehnkampf, nach Sportwochen des Glücks mit einer Leistungsschau der ihm zugrunde liegenden Tugenden und Funktionen. Da lieber täglich eine E-Mail von Leo mit einer kleinen imaginären Haarsträhne. Verbringe einen schönen Abend! Fein, dass du mich noch nicht vergessen hast. Wangenkuss. Emmi.

Am nächsten Tag
Betreff: **Frage**
Lieber Leo, du weißt, was ich dich jetzt frage!

20 Minuten später
AW:
So entschlossen, wie du das Ausrufezeichen setzt, habe ich einen Verdacht.

Eine Minute später
RE:
Also, Leo, was will ich dich fragen?

Drei Minuten später
AW:
»Wie war es in London?«

Eine Minute später
RE:
Ach, Leo, so würdest du es vielleicht formulieren. Du weißt doch, ich nenne die Dinge gerne beim Namen. – Also: Was ist mit »Pam«?

50 Sekunden später
AW:
»Pam« trägt erstens keine Anführungszeichen. Pam heißt zweitens Pamela. Und Pamela ist drittens kein Ding!

Zwei Minuten später
RE:
Liebst du sie?

Drei Stunden später
Kein Betreff
Da musst du aber lange nachdenken.

Zehn Minuten später
AW:
Emmi, es ist vielleicht noch zu früh, davon zu sprechen beziehungsweise darüber zu reden.

Drei Minuten später
RE:
Sehr geschickt formuliert, lieber Leo. Jetzt kann ich es mir aussuchen. Meint Leo: Es ist zu früh, um von Liebe zu sprechen? Oder meint er: Es ist zu früh, um mit Emmi über »Pam«, Verzeihung: Pamela zu reden?

Fünf Minuten später
AW:
Das zweite mit Sicherheit, liebe Emmi. An deinem raschen »Pam«-Rückfall erkennt man, dass du offenbar noch nicht soweit bist, um mit mir darüber zu reden. Du magst sie nämlich nicht. Du hast das Gefühl, sie nimmt dir deinen E-Mail-Partner weg. Stimmt's?

Fünf Stunden später
Kein Betreff
Jetzt musst DU aber lange nachdenken, wie du diesen Verdacht entkräftest, meine Liebe.

15 Minuten später
RE:
Okay, du hast Recht. Ich mag sie nicht, weil ich sie erstens nicht kenne und es mir deshalb leichter fällt, weil ich mich zweitens anstrenge, sie mir so ekelhaft wie nur möglich vorzustellen, weil mir das drittens gelingt, und viertens: Ja, weil sie mir dich wegnimmt, den Rest von dir, den Schreibrest, das bisschen Hoffnung. Hoffnung auf, auf, auf keine Ahnung worauf, einfach nur Hoffnung. Aber ich verspreche: Wenn du sie liebst, dann werde ich sie mögen lernen. Darf ich bis dahin

noch ein paarmal »Pam« sagen? Ich weiß nicht warum, aber es tut mir gut. Und was mir noch guttut, mein Lieber: Wenn du »meine Liebe« schreibst. Ich nehme es nämlich wörtlich. Ja, auch das gelingt mir, manchmal. Schlaf gut.

Drei Minuten später
AW:
Du auch, meine Liebe.

Zwei Tage später
Betreff: Ich schreib dir jetzt
Emmmmmmmmmmi, ich bin betrunken. Und ich bin einsam. Schwerer Fehler. Nie beides sein. Entweder einsam oder betrunken, aber nie beides gleichzeitig. Schwerer Fehler. »Liebst du sie?«, hast du gefragt. Ja, ich liebe sie, wenn sie bei mir ist. Oder sagen wir es anders: Ich würde sie lieben, wäre sie bei mir. Aber sie ist nicht bei mir. Und ich kann nicht bei ihr sein, wenn sie nicht bei mir ist. Verstehst du das, Emmi? Ich kann nicht immer nur Frauen lieben, die nicht bei mir sind, wenn ich bei ihnen bin, wenn ich sie liebe. London? Wie war London? Ja, wie war London? Fünf Tage Stillen der aufgestauten Sehnsucht, sechs Tage Angst vor der Sehnsucht danach. Das war London. Pamela will zu mir ziehen. Nenne sie »Pam«, du darfst sie ruhig »Pam« nennen. Nur du darfst das! Pamela will zu mir ziehen. Sie will mit mir leben. Sie will es, aber tut sie es? Ich kann nicht immer vom Wollen einer Frau leben, die ich liebe. Ich will mit der Frau leben, die ich liebe. Leben und lieben, beides gleichzeitig. Nie eines ohne das andere. Betrunken oder einsam sein, nie beides gleichzeitig. Immer eines ohne das andere. Verstehst du, was ich meine, Emmi?
Warte ein bisschen, ich schenke mir noch ein Glas ein. Rotwein, Bordeaux, die zweite Flasche, schmeckt nach Emmi, wie immer. Erinnerst du dich? Weißt du, Emmi, du bist die Einzige. Du bist die Einzige, die Einzige, die Einzige, die ... Es ist schwer zu formulieren. Ich bin schon ein bisschen betrunken. Du bist

die Einzige, die mir nah ist, auch wenn sie nicht bei mir ist, denn ich bin auch bei ihr, wenn sie nicht bei mir ist. Und dann muss ich dir noch etwas verraten, Emmi. Nein, ich tue es nicht, du hast Familie. Du hast einen Mann, der dich liebt. Du hast damals die Kurve gekratzt. Du hast dich für ihn entschieden, du hast dich richtig entschieden. Du glaubst vielleicht, dass dir etwas fehlt. Aber dir fehlt nichts. Du hast beides, leben und lieben. Ich hab auch beides: einsam sein und betrunken sein. Schwerer Fehler.
Aber ich verrate es dir. Ich habe mich so gezwungen, so sehr gezwungen, ich wollte nicht, dass du mir gefällst. Ich wollte es nicht. Ich wollte nicht, dass du mir nicht gefällst, und ich wollte nicht, dass du mir gefällst. Ich wollte gar nichts. Ich wollte dich nicht sehen. Denn wozu? Du hast Bernhard und die Kinder. Und ich habe Pamela. Und wenn sie nicht da ist, dann habe ich Bordeaux. Aber jetzt verrate ich dir etwas: Du hast ein wunderschönes, zum Beispiel ein wunderschönes Gesicht. Du schaust viel unschuldiger aus, als du schreibst. Nein, du schreibst nicht schuldig, aber du schreibst manchmal sehr hart, hart an der Grenze zu dir. Doch dein Gesicht ist weich. Und schön. Und ich weiß nicht, ob du glücklich bist. Ich weiß es nicht, ich weiß es nicht, ich weiß es nicht. Aber du musst es sein. Du kannst leben und lieben, beides gleichzeitig. Ich bin einsam und mir ist schlecht. Und was hab ich von Pamela, wenn sie so weit weg ist, dass ich aufhöre zu spüren, dass sie bei mir ist? Verstehst du mich? Ich gehe schlafen. Aber eines muss ich dir verraten: Gestern habe ich von dir geträumt, und ich habe dein wirkliches Gesicht gesehen. Dein Busen ist mir egal, großer Busen, kleiner Busen, mittlerer Busen, ganz egal. Aber nicht deine Augen und nicht dein Mund. Und auch nicht deine Nase. Wie du mich angesehen hast und angesprochen und angerochen. Das ist mir nicht egal. Und jedes Wort, das du mir schreibst, ist jetzt dein Geruch und dein Blick und dein Mund sowieso. Ich gehe jetzt schlafen. Ich schick dir die E-Mail, und dann gehe ich schlafen. Ich hoffe, ich erwische die

richtige Taste. Du bist mir so nah, ich küsse dich. Und jetzt gehe ich schlafen. Wo ist die Taste?

Fünf Minuten später
Betreff: **Ich hab dir geschrieben**
Liebe Emmi, ich habe dir eine E-Mail geschickt. Ich hoffe, du hast sie bekommen. Nein, ich hoffe, du hast sie nicht bekommen. Oder doch. Ist ja egal, es ist, wie es ist, ob du es liest oder nicht. Und jetzt gehe ich schlafen. Ich bin ein bisschen betrunken.

Am nächsten Abend
Betreff: **Du Lieber!**
Lieber Leo, ich habe gestern Nacht Post von dir bekommen. Weißt du das? Hast du sie heute schon gelesen? Hast du sie noch gespeichert? Wenn nicht, dann schicke ich sie dir. Du bist ein lieber Mann!! Du solltest dich öfter betrinken. Wenn du betrunken bist, dann bist du so, so, so – zweisam. Emmi.

Eine Stunde später
AW:
Danke, Emmi. Ich habe gleich in der Früh mit schwerem Kopf und flauem Magen in Erfahrung gebracht, was ich dir im Rausch zuteilwerden habe lassen. Und Emmi, »soll ich dir etwas verraten«? – Ich geniere mich seltsamerweise nicht dafür. Ich bin sogar irgendwie erleichtert. Ich habe Dinge ausgesprochen, die ich lange mit mir herumgetragen habe. Ich bin froh, dass sie jetzt raus sind. Und soll ich dir noch etwas verraten? – Ich bin froh, dass ich DIR diese Dinge verraten habe. So, und jetzt mache ich mir einen Kamillentee. Gute Nacht, meine Liebe. Und entschuldige, wenn ich übers Ziel hinausgeschossen bin.

Am nächsten Morgen
Betreff: Zweiter Anlauf
Leo, ich will dich noch einmal treffen. Noch einmal ein Kaffee. Nur ein Kaffee in einem Café. Sonst nichts. Sag ja! Wir können es besser als beim letzten Mal. Schönen Tag, mein Lieber.

Zehn Stunden später
Betreff: Café
Hallo Leo, wo bist du? Hoffentlich nicht wieder einsam mit dir im Bordeaux-Koma. Ich erinnere an meine Anfrage von heute früh: Noch ein Café-Versuch, ja oder nein? Ich bin für »ja«. Du? Bei Stimmengleichheit entscheidet die kleinere Schuhgröße. Wärst du so lieb, mir dein Voting heute noch zu verraten (auch wenn du nüchtern bist)? Ich würde deine Antwort gerne mit in den Schlaf nehmen. Wangenkuss, Emmi, die Weichgesichtige.

Zwei Stunden später
Kein Betreff
Leo, bitte melden!!!

Eine Stunde später
Kein Betreff
Leo, muss das sein? Es macht mich wahnsinnig, auf dringend ausständige Antworten von dir zu warten! Schreib »ja«, schreib »nein«, schreib »bääääh«, schreib irgendwas, aber schreib! Sonst landet demnächst eine Propellermaschine auf deiner Top-15-Terrasse. Ich warne dich! Emmi.

Am nächsten Morgen
Betreff: Brutal
Danke, Leo. Danke für diese unvergessliche Nacht. Ich habe kein Auge zugetan.

Zehn Sekunden später
AW:
ACHTUNG. GEÄNDERTE E-MAIL-ADRESSE. DER EMPFÄNGER KANN SEINE POST UNTER DER GEWÄHLTEN ADRESSE NICHT MEHR AUFRUFEN. NEUE E-MAILS IM POSTFACH WERDEN AUTOMATISCH GELÖSCHT. FÜR RÜCKFRAGEN STEHT DER SYSTEMMANAGER GERNE ZUR VERFÜGUNG.

Drei Minuten später
RE:
Leo, sag bitte, dass du beim Bemühen um geschmacklose Scherze soeben deine Grenzen ausloten wolltest. Wenn du dich sofort meldest, verzeihe ich dir noch heuer! Emmi.

Zehn Sekunden später
AW:
ACHTUNG. GEÄNDERTE E-MAIL-ADRESSE. DER EMPFÄNGER KANN SEINE POST UNTER DER GEWÄHLTEN ADRESSE NICHT MEHR AUFRUFEN. NEUE E-MAILS IM POSTFACH WERDEN AUTOMATISCH GELÖSCHT. FÜR RÜCKFRAGEN STEHT DER SYSTEMMANAGER GERNE ZUR VERFÜGUNG.

Eine Minute später
RE:
Warum tust du mir das an?

Zehn Sekunden später
AW:
ACHTUNG. GEÄNDERTE E-MAIL-ADRESSE. DER EMPFÄNGER KANN SEINE POST UNTER DER GEWÄHLTEN ADRESSE NICHT MEHR AUFRUFEN. NEUE E-MAILS IM POSTFACH WERDEN AUTOMATISCH GELÖSCHT. FÜR RÜCKFRAGEN STEHT DER SYSTEMMANAGER GERNE ZUR VERFÜGUNG.

KAPITEL FÜNF

Am nächsten Abend
Betreff: Test
Hallo Emmi, kommt das bei dir an? Leo.

30 Minuten später
RE:
Ja, das kommt an. Aber soll ich dir was verraten, lieber Leo? Du bist schon besser bei mir angekommen als in den vergangenen Tagen. Was ist mit dir? Wo warst du? Was testest du? Was machst du da für Sachen? Warum hetzt du mir den Systemmanager auf den Hals? Ich dachte schon, du hättest dich wieder nach Boston abgesetzt.

Zwei Minuten später
AW:
Tut mir leid, Emmi. Tut mir so leid! Da gab es offenbar einen gröberen Softwarefehler. Die hatten versehentlich mein Outlook abgemeldet. Vielleicht habe ich eine Frist versäumt. Seit drei Tagen scheinen keine Eintragungen mehr auf. Hast du mir geschrieben?

Zwölf Minuten später
RE:
Ja, Leo. Ich habe dir geschrieben. Ich habe dich etwas gefragt. Ich habe zweieinhalb Tage auf deine Antwort gewartet. Ich habe um dich gebangt, wie in den besten Stunden vor deiner Amerikaflucht. Ich habe dich sogar angerufen, ich hätte nicht mit dir gesprochen, ich wollte nur deine Stimme hören, aber unter deiner alten Nummer gab es »keinen Anschluss« mehr. Ich habe dir Tränen ohne Flüssigkeit nachgeweint. Ich habe dir hysterisch nachgelächelt. Ich dachte, was nie begonnen hat, ist nun bereits zum zweiten Mal vorbei. Das waren die Höhepunkte meines wenig erquicklichen Daseins während deines gröberen Softwarefehlers. Als gäbe es real nicht schon genügend Trennungsgründe, setzt das System, das unsere

Steuerung übernommen hat, immer noch eins drauf. Gruselig, auf welchem Terrain wir uns da bewegen. Jetzt bin ich einfach nur erschöpft. Gute Nacht. Schön, dass du wieder da bist. Schön und beruhigend.

Drei Minuten später
AW:
Liebe Emmi, es schmerzt mich, dir wehgetan zu haben, das kannst du mir glauben. Es war höhere Gewalt: Computertechnik. Wie schnell sie verbindet, so schnell trennt sie. Dagegen sind wir mit unseren Gefühlen machtlos. Verzeih mir. Und schlafe gut, meine Liebe.

Am nächsten Morgen
Betreff: **Deine Frage**
Guten Morgen, Emmi. Ich habe gerade mit einem »Spezialisten« telefoniert: Das »System« ist wieder in Ordnung. Ich hoffe, du bist ausgeschlafen. Ach ja, du sagst, du hast mich etwas gefragt. Was wolltest du wissen? Alles Liebe, Leo.

Eine Stunde später
RE:
In verknappter Form: Heute, 15 Uhr, Messecafé?

30 Minuten später
AW:
Ja, aber (...). Nein, kein Aber. Ja!

20 Minuten später
RE:
Schön! Und für diese interessante Kausalkette hast du dreißig Minuten gebraucht, mein Lieber? NUR dreißig Minuten? Darf ich analysieren? Zuerst ein »Ja« der scheinbar entschlossenen Zusage. Dann ein Komma der zu erwartenden Beifügung. Dann ein »Aber« der angekündigten Einschränkung. Dann

eine runde Klammer der schriftlichen Formalkunst. Dann drei Punkte der geheimnisumwitterten Gedankenvielfalt. Danach Disziplin genug, um die Klammer zu schließen und das anonyme Wirrnis zu verpacken. Danach ein wertkonservativer Punkt, um im inneren Chaos die äußere Ordnung aufrechtzuerhalten. Dann plötzlich ein trotziges »Nein« der scheinbar entschlossenen Absage. Wieder ein Komma der bevorstehenden Ergänzung. Danach ein »Kein« der kompromisslosen Ablehnung. Dann ein neuerliches »Aber«, ein sich auflösendes, ein »Aber«, das nur da ist, um aufzuzeigen, dass es keines mehr gibt. Alle Zweifel angedeutet. Kein Zweifel ausgesprochen. Alle Zweifel abgeschoben. Am Ende steht ein tapferes »Ja« mit trotzigem Ausrufezeichen. Nochmals zusammengefasst: »Ja, aber (...). Nein, kein Aber. Ja!« Was für ein prächtiges Rondo deiner Wankelmütigkeit. Welch faszinierender Rundgesang deiner offen ausgetragenen Entscheidungsfindung. Dieser Mann weiß genau, dass er nicht weiß, was er will. Und dieses Wissen versteht er wie kein anderer an jene Person weiterzureichen, die es betrifft. Und das alles in läppischen dreißig Minuten. Genial! Dafür hat man dich Sprachpsychologie studieren lassen, lieber Leo.

Drei Minuten später
AW:
Und du weißt, was du willst?

30 Sekunden später
RE:
Ja.

40 Sekunden später
AW:
Was?

50 Sekunden später
RE:
Dich. (Noch einmal auf einen Kaffee treffen.) ((Du siehst, auch ich beherrsche das Spiel der Klammern.))

30 Sekunden später
AW:
Wozu?

Eine Minute später
RE:
Weil ich das Gleiche tue, was du tust, wenngleich du es dir, Klammer auf, und mir, Klammer zu, offenbar nur im betrunkenen Zustand eingestehen kannst.

40 Sekunden später
AW:
Und das wäre?

30 Sekunden später
RE:
Mich für dich interessieren.

40 Sekunden später
AW:
Ja, liebe Emmi. Kein Aber, keine Punkte, keine Klammern. Einfach nur: Ja. Richtig. Gut erkannt. Ich interessiere mich für dich.

Eine Minute später
RE:
Bestens, lieber Leo. Dann sind die Voraussetzungen für einen zweiten gemeinsamen Kaffeehausbesuch erfüllt, meine ich. Um drei?

20 Sekunden später

AW:

Ja. Klammer auf. Ausrufezeichen. Ausrufezeichen. Klammer zu. Um drei.

KAPITEL SECHS

Gegen Mitternacht
Betreff: Du
Lieber Leo, diesmal danke ich (zuerst). Danke für den Nachmittag. Danke, dass du mich durch einen schmalen Spalt in deinen Gefühlsschrank blicken hast lassen. Was ich sehen konnte, hat mich davon überzeugt, dass du bist, der du schreibst. Leo, ich habe dich erkannt. Ich habe dich wiedererkannt. Du bist der Gleiche. Du bist ein und derselbe. Du bist wirklich. Ich mag dich sehr gern! Schlaf gut.

20 Minuten später
AW:
Liebe Emmi, auf der Innenseite meiner linken Hand, etwa in der Mitte, wo die Lebenslinie von dicken Faltenbögen durchkreuzt Richtung Pulsader abbiegt, dort befindet sich ein Punkt. Ich betrachte ihn, aber ich kann ihn nicht sehen. Ich fixiere ihn, aber er lässt sich nicht festhalten. Ich kann ihn nur fühlen. Ich spüre ihn auch mit geschlossenen Augen. Ein Punkt. Er fühlt sich so stark an, dass mir schwindlig wird. Wenn ich mich auf ihn konzentriere, entfaltet sich seine Wirkung bis in die Zehen. Er prickelt, er kitzelt, er wärmt mich, er wühlt mich auf. Er treibt meinen Kreislauf an, er dirigiert meinen Puls, er bestimmt das Tempo meiner Herzschläge. Und im Kopf, da entfaltet er seine berauschende Wirkung wie eine Droge, erweitert mein Bewusstsein, verschiebt meinen Horizont. Ein Punkt. Ich könnte lachen vor Freude, weil er mir so guttut. Ich könnte weinen vor Glück, ihn zu besitzen und bis in die feinsten Glieder von ihm erfasst und erfüllt zu werden.
Liebe Emmi, auf der Innenseite meiner linken Hand, wo sich der Punkt befindet, dort hat sich heute Nachmittag, es muss gegen 16 Uhr gewesen sein, an einem Kaffeehaustisch ein Zwischenfall ereignet. Meine Hand wollte nach einem Glas Wasser greifen. Da kamen ihr die fließenden Finger einer anderen, zarteren Hand entgegen, versuchten zu bremsen, versuchten auszuweichen, versuchten die Kollision zu verhindern. Fast

wäre es gelungen. Fast. Die weiche Kuppe eines vorbeischnellenden Fingers kam für einen Bruchteil einer Sekunde auf der Innenfläche meiner zum Wasserglas greifenden Hand zu liegen. Das ergab eine zarte Berührung. Ich habe sie gespeichert. Keiner nimmt sie mir. Ich spüre dich. Ich erkenne dich. Ich erkenne dich wieder. Du bist die Gleiche. Du bist ein und dieselbe. Du bist wirklich. Du bist mein Punkt. Schlaf gut.

Zehn Minuten später
RE:
Leo!!! War das schön! Wo lernt man so was? Jetzt brauche ich einen Whiskey. Lass dich nicht stören. Geh ruhig schlafen. Und vergiss den Punkt nicht. Am besten, du machst mit der linken Hand eine Faust um ihn. Dann bleibt er geschützt.

50 Minuten später
Betreff: **Drei Whiskey und ich**
Lieber Leo, wir sind noch eine Weile wach geblieben und haben über dich, den Physischen, geplaudert. (Wir: drei kleine Whiskey und ich.) Dem ersten Whiskey und mir ist aufgefallen, dass du dich in meiner Gegenwart ziemlich abmühst, kontrolliert zu sein, was Worte, Gesten und Blicke betrifft. Das wäre gar nicht notwendig, meinte der erste Whiskey, der mich gut kannte. (Mittlerweile ist er leider ausgetrunken.) Der zweite, inzwischen ebenfalls verblichene Whiskey äußerte den Verdacht, dass du dich längst entschieden hast, mir niemals näher zu kommen als bis in die Mailbox und bis zur Mitte eines hell beleuchteten, von Dutzenden Augenzeugen abgesicherten Kaffeehaustisches. In diesem Rahmen sei unsere Unterhaltung diesmal erfreulich warm, herzlich, echt, persönlich, nahezu innig und sogar eine halbe Stunde länger als geplant gewesen, meinte der zweite Whiskey. Es bestünden gute Chancen, dass wir diese Art von Sonntagsbegegnungen im Café bis ins Pensionsalter durchhalten, um dann gemeinsam Patiencen zu legen oder gar eine Tarockrunde aufzustel-

len, sofern unsere Partner da mitspielen. (»Pam« ist sicher ein Naturtalent.)
Nun, der dritte, schon ein wenig schlüpfrige Whiskey hat sich die Frage gestellt, wie es um deine körperlichen Gefühle bestellt ist. (Der Whiskey nannte sie hochtrabend »Libido«. Ich erwiderte, so viel müsste es gar nicht sein.) Von mir wollte er wissen, ob ich glaubte, dass es tatsächlich sein kann, dass du mich erst ab ungefähr 3,8 Bordeaux-Promille anziehend findest. Bei Kaffee und Wasser ließest du nämlich jegliches Interesse an meinem Äußeren vermissen. Ich erwiderte: »Whiskey, da irrst du bestimmt. Leo ist so ein Mann, der sämtliche seiner Gefühle, wie stark und welcher Art sie auch sind, auf einen einzigen Punkt in der Mitte seiner Handinnenfläche konzentrieren kann. Er ist jedenfalls ein Mann, der niemals auf die Idee kommen würde, einer Frau, die ihm gefällt, den Anschein zu geben, sie gefiele ihm, oder ihr gar ins Gesicht zu sagen: Du gefällst mir! Das wäre ihm viel zu plump.« Darauf erwiderte der dritte Whiskey: »Zu Pamela hat er das bestimmt schon tausendmal gesagt.« Weißt du, was ich mit dem dritten Whiskey daraufhin gemacht habe, lieber Leo? Ich habe ihn vernichtet. Und jetzt geh ich schlafen. Guten Morgen!

Am nächsten Morgen
Betreff: **Also Emmi!**
Wie hattest du am Tag nach unserem ersten Treffen geschrieben? Ich zitiere: »›Danke, Emmi‹, war schwach, lieber Leo. Sehr schwach. Weit unter deinen Möglichkeiten.«
Und wie hast du dich gestern Nacht bezüglich unseres zweiten Treffens ausgedrückt? Ich zitiere: »Bei Kaffee und Wasser ließest du nämlich jegliches Interesse an meinem Äußeren vermissen.« – Das war schwach, liebe Emmi. Sehr schwach. Weit unter deinen Möglichkeiten.

Drei Stunden später
RE:
Tut mir leid, Leo. Du hast Recht, der Satz klingt bescheuert. Hättest du ihn geschrieben, wäre ich über dich hergefallen. Die gesamte E-Mail ist peinlich. Eitel. Angerührt. Anbiedernd. Zickig. Iiiiiiih! Aber bitte glaube mir: DAS WAR NICHT ICH, DAS WAREN DREI WHISKEY! Ich hab Kopfweh. Ich leg mich wieder hin. Tschüss!

Am nächsten Abend
Betreff: **Bernhard**
Tut mir leid, Emmi. Ich muss dich noch einmal an deinen (und deines Whiskeys) Worten messen. Und so frage ich dich, ernst und humorlos, wie es meinem Naturell entspricht: Warum soll ich mich »an deinem Äußeren interessiert« zeigen? Warum soll ich dir »Du gefällst mir« ins Gesicht sagen? Warum soll ich dir näher als bis zur Mitte eines ausgeleuchteten Kaffeehaustisches kommen? Du kannst doch nicht wollen, dass ich mich nun auch noch »körperlich« (oder libidinös, wie sich der Alkohol ausdrückt) in dich verliebe! Was hättest du davon? Das begreife ich nicht, das musst du mir erklären. Überhaupt musst du mir einiges erklären, meine Liebe. Beim Kaffee bist du mir wieder einmal elegant ausgewichen. Seit Monaten, ja seit Boston drückst du dich um dieses Thema herum. Aber jetzt will ich es wissen. Ja, ich will es wirklich wissen. Ausrufezeichen, Ausrufezeichen, Ausrufezeichen, Ausrufezeichen.
Hier mein Fragenkatalog eins: Wie steht es um deine Beziehung? Wie geht es dir mit Bernhard? Was machen die Kinder? Wie lebst du? Was macht dein Leben aus? Fragenkatalog zwei: Wieso hast du nach Boston wieder Kontakt zu mir aufgenommen? Wie denkst du heute über die Umstände, die zu unserer E-Mail-Trennung geführt hatten? Wie konntest du Bernhard verzeihen? Wie konntest du mir verzeihen? Fragenkatalog drei: Was fehlt dir? Was kann ich für dich tun? Was willst du

mit mir machen? Was soll ich für dich sein? Wie soll es mit uns weitergehen? Soll es mit uns weitergehen? Wohin? Verrate mir bitte: WOHIN? Lass dir mit den Antworten ruhig ein paar Tage Zeit, wenigstens davon haben wir alle der Welt. Schönen Abend, Leo.

Fünf Stunden später
Betreff: **Ein- und Abdruck**
Noch ein paar Worte zu meinem nicht vorhandenen oder nicht erkennbaren »Interesse an deinem Äußeren«, liebe Emmi. Richte deinen Ex- und zukünftigen Whiskeys bitte aus: »Du gefällst mir.« Das sage ich dir mit 0,0 Promille Alkohol im Blut. Es ist schön, dich zu sehen. Du bist wunderschön anzusehen. Und ich kann zum Glück jederzeit Einblick in dich nehmen. Ich habe nicht nur hundert Eindrücke von dir, ich habe auch einen Abdruck von dir. Ich habe einen Berührungspunkt in meiner Handinnenfläche. Ich kann dich darin beobachten. Ich kann dich sogar streicheln. Gute Nacht.

Drei Minuten später
RE:
Deine Frage: »Was kann ich für dich tun?«, hast du soeben selbst beantwortet. Streichle meinen Berührungspunkt. Lieber!

Eine Minute später
AW:
Das tue ich. Aber das tue ich nicht für dich, sondern für mich. Denn diesen Punkt kann eben nur ich fühlen, er gehört mir, Liebe!

50 Sekunden später
RE:
Irrtum, Lieber! Zu einem Berührungspunkt gehören immer zwei. 1.) Der berührt wird. 2.) Der berührt. Gute Nacht.

Drei Tage später
Betreff: Fragenkatalog eins
Fiona wird achtzehn. Nächstes Jahr ist sie mit der Schule fertig. Ich rede mit ihr nur noch Englisch und Französisch, damit sie es übt. Seither spricht sie überhaupt nicht mehr mit mir. Sie will Stewardess oder Konzertpianistin werden. Ich rate ihr zu einer Kombination: Klavierspielerin im Flugzeug, fliegende Pianistin, da wäre sie konkurrenzlos. Sie ist hübsch, schlank, mittelgroß, blond, hellhäutig, sommersprossig, wie ihre Mutter es war. Sie »geht« seit einem halben Jahr mit Gregor. Mit Gregor zu gehen bedeutet, dass jede Person männlichen oder weiblichen Geschlechts, mit der sie sich die Nächte um die Ohren schlägt, »Gregor« heißt. Offiziell verbringt sie jede Nacht bei ihm. Der Arme weiß und hat nur leider nichts davon. »Was macht ihr die ganze Zeit?«, frage ich. Da lächelt sie, so verrucht sie kann. »Sex« im angedeuteten Zustand ist noch immer die beste Erklärung für auskunftsunwillige Jugendliche. Es erklärt sich von selbst. Fiona muss kein Wort darüber verlieren. Sie muss nur ein paar sexualpädagogische Verhütungsmonologe über sich ergehen lassen.
Jonas ist vierzehn. Er ist noch ein Kind. Er ist sensibel und anhänglich. Ihm fehlt die Mutter, er braucht mich so sehr. Er hält die Familie zusammen, ganz fest, mit enormem Kraftaufwand. Die Energie fehlt ihm in der Schule. Er fragt mich alle paar Tage, ob ich seinen Vater noch lieb habe. Leo, du hast keine Ahnung, wie er mich dabei ansieht. Es gibt für ihn nichts Schöneres, als uns beide glücklich zu sehen, und er ist unser beider Mittelpunkt. Manchmal schubst er mich seinem Vater regelrecht in die Arme. Er will unsere Nähe erzwingen. Er spürt, dass sie uns langsam verloren geht.
Bernhard, ja, Bernhard! Was soll ich sagen, Leo? Warum muss ich dir das sagen, ausgerechnet dir? Es fällt mir schon schwer genug, es mir selbst einzugestehen. Unsere Beziehung ist kühler geworden. Sie ist keine Herzensangelegenheit mehr, sie ist eine reine Kopfdisziplin. Ich habe ihm nichts vorzuwerfen, lei-

der. Er gibt sich niemals Blößen. Er ist der gütigste und selbstloseste Mensch, den ich kenne. Ich mag ihn. Ich achte seinen Anstand. Ich schätze seine Aufmerksamkeit. Ich bewundere ihn für seine Ruhe und Intelligenz.
Aber, nein, die »große Liebe« ist es nicht mehr. Vielleicht war sie es nie. Doch wir hatten so große Freude daran, sie zu inszenieren, sie uns gegenseitig vorzuspielen, uns damit gegenseitig zu stimulieren, sie den Kindern vorzuzeigen, damit sie sich geborgen fühlen. Nach zwölf Jahren Bühnenarbeit sind wir müde geworden in unseren Rollen als perfekte Ehepartner. Bernhard ist Musiker. Er liebt die Harmonie. Er braucht die Harmonie. Er lebt die Harmonie. WIR leben sie gemeinsam. Ich hatte mich dafür entschieden, ein Teil vom Ganzen zu sein. Entziehe ich mich, bringe ich alles zum Einsturz, was wir uns aufgebaut hatten. Bernhard und die Kinder haben so einen Zusammenbruch schon einmal erlebt. Das darf kein zweites Mal passieren. Das kann ich ihnen nicht antun. Das kann ich MIR nicht antun. Das würde ich mir nie verzeihen. Verstehst du?

Einen Tag später
Betreff: **Leo?**
Hallo Lieber, hat es dir die Rede verschlagen? Oder wartest du geduldig auf Teil zwei und drei meiner Familiensaga?

Fünf Minuten später
AW:
Sprichst du mit ihm darüber, Emmi?

Sechs Minuten später
RE:
Nein, ich schweige mit ihm darüber, Leo. Das erhöht die Wirkung. Wir wissen beide nur zu gut, worum es geht. Wir versuchen, das Beste daraus zu machen. Leo, du darfst nicht glauben, dass ich todunglücklich bin. Mein Korsett ist mir vertraut.

Es festigt und schützt mich. Ich muss nur darauf achten, dass mir nicht eines Tages die Luft wegbleibt.

Drei Minuten später
AW:
Emmi, du bist 35!

Fünf Minuten später
RE:
Fünfunddreißigeinhalb. Und Bernhard ist 49. Fiona ist 17. Jonas ist 14. Leo Leike ist 37. Hektor, die Bulldoge von Frau Krämer, ist neun. Und Wasiljew, die kleine Wasserschildkröte der Weißenbachers? Da muss ich nachfragen, erinnere mich, Leo! Aber was willst du damit sagen? Bin ich mit 35 noch nicht alt genug, konsequent zu sein? Bin ich mit 35 noch nicht alt genug, Verantwortung weiterzutragen? Bin ich noch nicht alt genug, um zu wissen, was ich mir und meinen Lieben schuldig bin, was ich in Kauf nehmen muss, um mir selbst treu zu bleiben?

Vier Minuten später
AW:
Du bist jedenfalls viel zu jung, um bereits darauf achten zu müssen, dass dir unter deinem engen Korsett nicht eines Tages die Luft wegbleibt, meine Liebe.

Eine Minute später
RE:
Solange Leo Leike per E-Mail von außen und bisweilen sogar live am Cafétisch für Frischluftzufuhr sorgt, werde ich schon nicht in Atemnot geraten.

Zwei Minuten später
AW:
Das war eine gute Überleitung, liebe Emmi. Darf ich dich dar-

an erinnern, dass noch viele meiner Fragen unbeantwortet geblieben sind? Hast du sie gespeichert oder soll ich sie dir noch einmal schicken?

Drei Minuten später
RE:
Ich habe alles gespeichert, was du mir jemals geschrieben hast, mein Lieber. Für heute genug. Schönen Abend, Leo! Du bist ein guter Zuhörer. Danke.

Am nächsten Tag
Betreff: **Fragenkatalog drei**
Deinen sonderbaren Fragenkatalog zwei hebe ich mir bis zum Schluss auf. Ich springe lieber gleich in die Gegenwart.
Was mir fehlt, Leo? – Du. (Schon bevor ich wusste, dass es dich gibt.)
Was du für mich tun kannst, Leo? – Da sein. Mir schreiben. Mich lesen. An mich denken. Meinen Berührungspunkt streicheln.
Was ich mit dir machen will, Leo? – Das kommt auf die Tageszeit an. Meistens: dich im Kopf haben. Manchmal: auch darunter.
Was du für mich sein sollst, Leo? – Die Frage erübrigt sich. Du bist es bereits.
Wie es mit uns weitergehen soll, Leo? – Weiter wie bisher.
Ob es mit uns weitergehen soll? – Unbedingt.
Wohin? – Nirgendwohin. Einfach nur weiter. Du lebst dein Leben. Ich lebe mein Leben. Und den Rest leben wir gemeinsam.

Zehn Minuten später
AW:
Da wird aber nicht mehr viel für »uns« übrig bleiben, meine Liebe.

Drei Minuten später
RE:
Das hängt von dir ab, mein Lieber. Ich habe große Reserven.

Zwei Minuten später
AW:
Reserven der Unerfülltheit. Ich werde sie nicht füllen können, meine Liebe.

50 Sekunden später
RE:
Du ahnst nicht, was du füllen kannst, mein Lieber, was du füllen kannst und was du bereits gefüllt hast. Vergiss nicht: Du verfügst über tonnenschwere Gefühlsschränke. Du brauchst sie nur gelegentlich zu lüften.

15 Minuten später
AW:
Was mich interessieren würde: Hat sich durch unsere zwei Treffen etwas bei dir verändert, Emmi?

40 Sekunden später
RE:
Bei dir?

30 Sekunden später
AW:
Zuerst: Bei dir?

20 Sekunden später
RE:
Nein, zuerst: Bei dir?

Eine Minute später
AW:
Okay, zuerst: Bei mir. Aber davor musst du mir noch die ausständigen Fragen beantworten. Das ist ein faires Angebot, meine Liebe.

Vier Stunden später
Betreff: **Fragenkatalog zwei**
Gut. Bringen wir es hinter uns:
1.) Wieso habe ich nach Boston wieder Kontakt zu dir aufgenommen? Wieso wohl? – Weil das Dreivierteljahr »Boston« das schlimmste Dreivierteljahr seit der offiziellen Spaltung von Jahren in vier Viertel war. Weil der Mann der Worte sich wortlos aus meinem Leben geschlichen hatte. Feige, durch eine Hintertür im Postausgang, die mit einem der grausamsten Botschaften der Gegenwartskommunikation verriegelt war. Der Spruch begleitet mich bis heute in meine Träume (und wenn die Technik es böse meint, jederzeit auch wieder in meine Mailbox): ACHTUNG. GEÄNDERTE E-MAIL-ADRESSE, blablabla.
Leo, unsere »Geschichte« war noch nicht fertig. Flucht ist nie der Endpunkt, immer nur dessen Hinauszögerung. Das weißt du ganz genau. Sonst hättest du mir nicht geantwortet, neuneinhalb Monate danach.
2.) Wie denke ich heute über die Umstände, die zu unserer E-Mail-Trennung geführt hatten? – Leo, was ist das für eine Frage? Was sollen das für Umstände gewesen sein? Dir war die Sache mit mir zu viel geworden, zu viel oder zu wenig. Zu wenig für deine emotionelle Investition, deine illusionistischen Ausgaben. Zu viel für den praktischen Gewinn, deine realen Einnahmen. Das Unternehmen Emmi hat sich nicht mehr gerechnet. Du hattest die Geduld mit mir verloren. Das, lieber Leo, waren die Umstände, die zu unserer E-Mail-Trennung führten.
3.) Jetzt wird's spannend: Wie konnte ich Bernhard verzeihen? – Leo, ich habe diese Frage jetzt mindestens zwanzig Mal

gelesen. Ich verstehe sie nicht, ehrlich nicht. WAS hätte ich Bernhard verzeihen können sollen? Dass er mein Ehemann ist? Dass er unserer E-Mail-Liebe im Wege stand? Dass er dich durch seine Existenz letztendlich in die Flucht geschlagen hat? Leo, worauf zielt deine Frage ab? Das musst du mir erklären.
4.) So, und zum Abschluss: Wie konnte ich dir verzeihen? Ach, Leo. Ich bin bestechlich. Schöne E-Mails von dir – und ich verzeihe dir alles, sogar neuneinhalbmonatige Kunstpausen. Fertig!!

Zehn Minuten später
Kein Betreff
So, mein Lieber, und jetzt verrätst du mir, ob sich durch unsere Treffen etwas bei dir verändert hat. (Und natürlich: was.) Wangenkuss und Handinnenflächenpunktberührung, Emmi.

KAPITEL SIEBEN

Am nächsten Abend
Betreff: **Leo?**
Leo?

Am nächsten Morgen
Betreff: **Weckruf**
Leo?
Leeeooo?
Leo eo eo eo eo eo eo eeeeeeeeoooooooo??
Le e e e e e e e eeeeeeeeeeeeeeeeeeeeeeeeeeeeeoooooooo???

Elf Stunden später
Betreff: **Treffen**
Liebe Emmi, können wir uns noch einmal treffen? Ich muss dir etwas sagen. Es ist wichtig, denke ich.

Zehn Minuten später
RE:
»Pam« ist schwanger!

Drei Minuten später
AW:
Nein, Pamela ist nicht schwanger. Pamela hat nichts damit zu tun.
Hast du morgen oder übermorgen irgendwann kurz Zeit?

Eine Minute später
RE:
Klingt dramatisch! Wenn es eine gute Nachricht ist, die du mir plötzlich so dringend persönlich zu überbringen hast, dann: Ja, ich habe »irgendwann kurz Zeit«!

Zwei Minuten später
AW:
Es ist keine gute Nachricht.

40 Sekunden später
RE:
Dann verkünde sie mir schriftlich. Aber bitte noch heute! Ich habe morgen einen schweren Tag. Ich muss wenigstens ein paar Stunden schlafen.

Zwei Minuten später
AW:
Bitte, Emmi, lass uns lieber in den nächsten Tagen einmal in aller Ruhe darüber reden! Und jetzt zerbrich dir nicht den Kopf und geh ins Bett. Ja?

40 Sekunden später
RE:
Leo, ich lasse mich gerne trösten. Aber ich lasse mich nicht VERtrösten. Nicht von dir. Nicht auf diese Weise. Nicht mit den Worten »Zerbrich dir nicht den Kopf und geh ins Bett«. Also sag schon!

30 Sekunden später
AW:
Emmi, bitte, glaub mir, das Thema gehört nicht in die Gute-Nacht-Mailbox. Darüber müssen wir von Angesicht zu Angesicht reden. Auf ein paar Tage kommt es dabei wirklich nicht an.

50 Sekunden später
RE:
LLL, SSS!!!
(Lieber Leo Leike, sprechen Sie sofort!!!)

Zehn Minuten später
AW:
Okay, Emmi: Bernhard weiß von uns. Zumindest wusste er von uns. Das war der Grund, warum ich mich zurückgezogen hatte.

Eine Minute später
RE:
??? Leo, was ist das für eine absurde Behauptung? Was soll Bernhard gewusst haben? Was gab es da überhaupt zu wissen? Und wieso willst du das wissen? Wenn das wer wissen müsste, dann doch eher ich, denke ich. Leo, mir scheint, du hast dich da in eine schräge Verschwörungstheorie verrannt. Ich bitte um Aufklärung!!

Drei Minuten später
AW:
Emmi, bitte frage Bernhard! BITTE REDE MIT IHM! Es liegt nicht an mir, sondern an ihm, diese Sache aufzuklären. Ich habe nicht gewusst, dass er dir nie davon erzählt hat. Ich habe es mir nicht vorstellen können. Ich wollte es nicht wahrhaben. Ich dachte, du willst mit mir einfach nicht darüber reden. Aber du weißt es anscheinend wirklich nicht. Er hat es dir bis heute nicht gesagt.

Zwei Minuten später
RE:
Leo, langsam mache ich mir Sorgen um dich. Hast du Fieber? Wo schwebst du mit deinen Fantasien? Warum in aller Welt soll ich Bernhard auf dich ansprechen? Wie stellst du dir das vor? »Bernhard, wir müssen reden. Leo Leike sagt, du weißt von ihm, von ihm und mir, um es genau zu nehmen. Wer Leo Leike ist? Du kennst ihn nicht. Das ist der Mann, den ich selbst nie gesehen hatte und von dem ich dir nie erzählt habe. Du kannst ihn also gar nicht kennen. Nun behauptet er aber hartnäckig, du weißt von ihm, du weißt von uns (…).«
Leo, bitte, krieg dich wieder ein, du machst mich nervös!

Eine Minute später
AW:
Er hat unsere E-Mails gelesen. Er hat mir anschließend eine E-Mail geschrieben. Er hat mich gebeten, dich einmal zu treffen, um dich dann für immer in Ruhe zu lassen. Daraufhin habe ich den Job in Boston angenommen. So war es, in aller Kürze. Ich hätte dir das lieber ins Gesicht gesagt.

Drei Minuten später
RE:
Nein. Das gibt es nicht. Das ist nicht Bernhard. Das würde er niemals tun. Sag, dass es nicht wahr ist. Nein, das kann nicht sein. Leo, du weißt gar nicht, was du da anrichtest. Du lügst. Du zerstörst alles. Das ist eine ungeheuerliche Verleumdung. Das hat Bernhard nicht verdient. Warum tust du das? Warum machst du alles kaputt zwischen uns? Oder bluffst du? Ist das ein Scherz? Was ist das für ein Scherz?

Zwei Minuten später
AW:
Liebe Emmi, es gibt kein Zurück mehr. Ich hasse mich dafür, aber es standen nur diese zwei Möglichkeiten offen. Entweder mein Rückzug und Schweigen auf Lebzeiten. Oder die Wahrheit. Viel zu spät. Unverzeihlich spät. Unverzeihlich, ich weiß. Ich schicke dir im Anhang die E-Mail, die mir Bernhard vor über einem Jahr, am 17. Juni, unmittelbar nach seinem »Kollaps« beim Wanderurlaub mit den Kindern in Südtirol, zugesandt hat.

Betreff: **An Hr. Leike**
Sehr geehrter Herr Leike, es kostet mich große Überwindung, Ihnen zu schreiben. Ich gestehe, ich geniere mich dafür, und mit jeder Zeile wird meine Verlegenheit, in die ich mich selbst bringe, größer werden. Ich bin Bernhard Rothner, ich glaube, ich muss mich Ihnen nicht näher vorstellen. Herr Leike, ich

wende mich mit einer großen Bitte an Sie. Sie werden verblüfft oder gar schockiert sein, wenn ich die Bitte ausspreche. Ich werde im Anschluss daran versuchen, Ihnen die Beweggründe dafür darzulegen. Ich bin kein großartiger Schreiber, leider bin ich das nicht. Aber ich werde mich bemühen, in dieser für mich unüblichen Form all das auszusprechen, was mich seit Monaten beschäftigt, wodurch mein Leben nach und nach außer Tritt geraten ist, mein Leben und das meiner Familie, ja auch das Leben meiner Frau, ich glaube, ich kann das schon richtig beurteilen, nach all den Jahren unserer harmonischen Ehe.

Und hier nun die Bitte: Herr Leike, treffen Sie sich mit meiner Frau! Bitte tun Sie es endlich, damit der Spuk sein Ende hat! Wir sind erwachsene Menschen, ich habe Ihnen nichts vorzuschreiben. Ich kann Sie nur flehentlich bitten: Treffen Sie sie! Ich leide unter meiner Unterlegenheit und Schwäche. Was glauben Sie, wie erniedrigend es für mich ist, solche Zeilen zu formulieren. Sie dagegen haben sich nicht die geringste Blöße gegeben, Herr Leike. Sie haben sich nichts vorzuwerfen. Ja, und ich, auch ich habe Ihnen nichts vorzuwerfen, leider, leider habe ich das nicht. Einem Geist kann man nichts vorwerfen. Sie sind nicht greifbar, Herr Leike, nicht antastbar, Sie sind nicht real, Sie sind ein einziges Fantasiegebilde meiner Frau, Illusion vom unendlichen Glück der Gefühle, weltferner Taumel, Liebesutopie, aus Buchstaben gebaut. Dagegen bin ich machtlos, ich kann nur warten, bis das Schicksal gnädig ist und aus Ihnen endlich einen Menschen aus Fleisch und Blut macht, einen Mann mit Konturen, mit Stärken, mit Schwächen, mit Angriffsflächen. Erst wenn meine Frau Sie so sehen kann, wie sie mich sieht, einen Verwundbaren, eine unperfekte Schöpfung, ein Exemplar des Mangelwesens Mensch, erst wenn Sie ihr von Angesicht zu Angesicht gegenübergetreten sind, schwindet Ihre Übermacht. Erst dann habe ich die Chance, Ihnen Paroli zu bieten, Herr Leike. Erst dann kann ich um Emma kämpfen.

»Leo, zwingen Sie mich nicht, mein Familienalbum aufzublättern«, hat Ihnen meine Frau einmal geschrieben. Nun, statt ihrer sehe nun ich mich gezwungen, es zu tun. Als wir uns kennenlernten, war Emma 23, ich war ihr Klavierlehrer auf der Musikakademie, vierzehn Jahre älter als sie, gut verheiratet, Vater zweier entzückender Kinder. Ein Verkehrsunfall hat aus unserer Familie einen Trümmerhaufen gemacht, der Dreijährige traumatisiert, die Große schwer verletzt, ich selbst mit bleibenden Schäden behaftet, die Mutter der Kinder, meine Frau Johanna: tot. Ohne Klavier wäre ich daran zerbrochen. Aber Musik ist Leben, solange sie erklingt, stirbt nichts für immer. Wenn man Musiker ist und spielt, lebt man Erinnerungen, als wären sie unmittelbare Ereignisse. Daran habe ich mich aufgerichtet. Und dann waren da auch meine Schüler und Schülerinnen, da war Ablenkung, da war eine Aufgabe, da war Sinn. Ja, und da war plötzlich – Emma. Diese lebendige, sprühende, kecke, bildhübsche junge Frau begann, unsere Trümmer aufzusammeln, ganz von selbst, ohne sich etwas davon zu versprechen oder zu erwarten. Solche außergewöhnlichen Menschen sind in die Welt gesetzt, um die Traurigkeit zu bekämpfen. Ganz wenige gibt es von ihnen. Ich weiß nicht, womit ich es verdient habe: Aber ich hatte sie plötzlich an meiner Seite. Die Kinder sind ihr zugelaufen, ja, und ich habe mich Hals über Kopf in sie verliebt.
Und sie? Herr Leike, jetzt werden Sie sich fragen: Ja, und Emma? Hat sie, die 23-jährige Studentin, hat sie sich denn gar gleichermaßen verliebt, ausgerechnet in diesen bald vierzig Jahre alten Ritter von der traurigen Gestalt, den damals nur noch Tasten und Töne zusammenhielten? – Diese Frage kann ich weder Ihnen noch mir selbst beantworten. Wie sehr war es nur die Bewunderung für meine Musik (ich hatte damals recht gute Erfolge, war ein gefeierter Konzertpianist)? Wie viel davon war Mitleid, Anteilnahme, der Wunsch zu helfen, die Fähigkeit, da zu sein in schlimmen Stunden? Wie sehr erinnerte ich sie an ihren Vater, der sie zu früh verlassen hatte? Wie viele

Narren hatte sie an der süßen Fiona gefressen und an dem goldigen kleinen Jonas? Wie sehr war es meine eigene Euphorie, die sich in ihr widerspiegelte, wie sehr liebte sie nur meine unbändige Liebe zu ihr und nicht mich selbst? Wie sehr genoss sie die Sicherheit, dass ich sie niemals einer anderen Frau wegen enttäuschen würde, die Verlässlichkeit auf Lebzeiten, meine ewige Treue, derer sie sich gewiss sein durfte? – Glauben Sie mir, Herr Leike, ich hätte nie gewagt, mich ihr zu nähern, hätte ich nicht gespürt, dass sie mir ein Bündel ebenso starker Gefühle entgegenbrachte wie ich ihr. In unübersehbarer Weise fühlte sie sich zu mir und den Kindern hingezogen, wollte Teil unserer Welt sein, wurde Teil unserer Welt, prägender Teil, bestimmender Teil, Herzstück. Zwei Jahre später haben wir geheiratet. Das ist jetzt acht Jahre her. (Verzeihung, ich habe hiermit Ihr Versteckspiel gestört, habe eines der tausend Geheimnisse aufgedeckt: Die »Emmi«, die Sie kennen, ist 34 Jahre jung.) Keinen Tag hörte ich auf zu staunen, diese vitale junge Schönheit an meiner Seite zu haben. Und jeden Tag habe ich mit Bangen darauf gewartet, dass es »geschehen« wird, dass da ein Jüngerer sein wird, einer ihrer zahlreichen Verehrer und Anbeter. Und Emma würde sagen: »Bernhard, ich habe mich in einen anderen verliebt. Wie soll es nun weitergehen mit uns?« – Dieses Trauma ist ausgeblieben. Ein viel schlimmeres ist eingekehrt. Sie, Herr Leike, die stille »Außenwelt«. Liebesillusionen per E-Mail, sich stetig aufschaukelnde Gefühle, wachsende Sehnsucht, ungestillte Leidenschaft, alles auf ein nur scheinbar reales Ziel gerichtet, ein höchstes Ziel, das immer wieder weggeschoben wird, das Treffen aller Treffen, das nie stattfinden wird, weil es die Dimension des irdischen Glücks sprengen würde, die vollkommene Erfüllung, ohne Endpunkt, ohne Ablaufdatum, nur in den Köpfen lebbar. Dagegen bin ich machtlos.
Herr Leike, seit es Sie »gibt«, ist Emma wie verwandelt. Sie ist geistesabwesend und mir gegenüber distanziert. Stundenlang sitzt sie in ihrem Zimmer und starrt in den Computer, in den

Kosmos ihrer Wunschträume. Sie lebt in ihrer »Außenwelt«, sie lebt mit Ihnen. Wenn sie verklärt lächelt, gilt das längst nicht mehr mir. Mit Mühe gelingt es ihr, ihr Weggetretensein vor den Kindern zu verbergen. Ich merke, wie sehr sie sich quält, länger neben mir zu sitzen. Wissen Sie, wie weh das tut? Ich habe versucht, diese Phase mit großer Toleranz zu übergehen. Emma durfte sich nur niemals eingesperrt fühlen bei mir. Nie gab es Eifersucht zwischen uns. Aber plötzlich wusste ich nicht mehr, wo ich ansetzen sollte. Es war da ja nichts und niemand, keine reale Person, kein wirkliches Problem, kein offensichtlicher Fremdkörper – bis ich die Wurzel entdeckte. Ich könnte in den Boden versinken vor Scham, dass es so weit kommen musste: Ich habe in Emmas Zimmer spioniert. Und ich habe in einer versteckten Lade schließlich eine Mappe gefunden, eine dicke Mappe, voll gefüllt mit Schriftstücken: ihr gesammelter E-Mail-Verkehr mit einem gewissen Leo Leike, fein säuberlich ausgedruckt, Seite für Seite, Mitteilung für Mitteilung. Ich habe diese Skripten mit zitternden Händen kopiert und einige Wochen erfolgreich von mir weggeschoben. Wir hatten einen grauenvollen Urlaub in Portugal. Der Kleine war krank, die Große hatte sich unsterblich in einen Sportlehrer verliebt. Meine Frau und ich schwiegen uns zwei Wochen an, aber jeder von beiden versuchte dem anderen vorzumachen, alles sei in bester Ordnung, wie es immer war, wie es sein musste, wie es uns die Gewohnheit befahl. Danach habe ich es nicht mehr ausgehalten. Ich habe die Mappe mit in den Wanderurlaub genommen – und ich habe in einem Anfall von Selbstzerfleischung und masochistischer Leidenswilligkeit sämtliche E-Mails in einer Nacht durchgelesen. Seit dem Tod meiner ersten Frau habe ich keine größeren seelischen Qualen durchgemacht, das können Sie mir glauben. Als ich mit der Lektüre fertig war, kam ich nicht mehr vom Bett hoch. Meine Tochter verständigte die Rettung, man brachte mich ins Spital. Von dort holte mich vorgestern meine Frau ab. Jetzt kennen Sie die ganze Geschichte.

Herr Leike, bitte treffen Sie sich mit Emma! Ich komme nun zum erbärmlichen Höhepunkt meiner Selbsterniedrigung: Ja, treffen Sie sich mit ihr, verbringen Sie eine Nacht mit ihr, haben Sie Sex mit ihr! Ich weiß, dass Sie es werden haben wollen. Ich »erlaube« es Ihnen. Sie haben meinen Freibrief, ich erlöse Sie hiermit von allen Skrupeln, ich betrachte es nicht als Betrug. Ich spüre, Emma sucht nicht nur die geistige, sondern auch die körperliche Nähe zu Ihnen, sie will es »wissen«, glaubt es zu brauchen, ihr verlangt danach. Das ist der Kitzel, das Neue, die Abwechslung, die ich ihr nicht bieten kann. So viele Männer haben Emma verehrt und begehrt, nie wäre mir aufgefallen, dass sie sich auch nur zu einem von ihnen sexuell hingezogen gefühlt hätte. Und dann sehe ich die E-Mails, die sie Ihnen schreibt. Und plötzlich erkenne ich, wie stark ihre Begierde sein kann, wenn sie einmal vom »Richtigen« geweckt worden ist. Sie, Herr Leike, sind ihr Auserwählter. Und ich würde mir fast wünschen: Haben Sie einmal Sex mit ihr. EINMAL – (ich wähle dafür eindringliche Blockbuchstaben, wie meine Frau es tut). EINMAL. NUR EINMAL! Lassen Sie es das Ziel Ihrer schreiberisch aufgebauten Leidenschaft sein. Fixieren Sie damit den Schlusspunkt. Geben Sie Ihrem E-Mail-Verkehr die Krönung – und stellen Sie ihn danach ein. Geben Sie, Außerirdischer, Unantastbarer, mir meine Frau zurück! Geben Sie sie frei. Bringen Sie sie wieder auf den Boden zurück. Lassen Sie unsere Familie weiter existieren. Machen Sie es nicht mir zum Gefallen, nicht meiner Kinder wegen. Machen Sie es für Emma, ihr zuliebe. Ich bitte Sie!

Ich komme nun zum Ende meines peinlichen und peinigenden Hilferufs, meines fürchterlichen Gnadengesuchs. Noch eine abschließende Bitte, Herr Leike. Verraten Sie mich nicht. Lassen Sie mich außerhalb Ihrer beider Geschichte. Ich habe Emmas Vertrauen missbraucht, ich habe sie hintergangen, ich habe ihre private, intime Post gelesen. Ich habe dafür gebüßt. Ich könnte ihr nicht mehr in die Augen sehen, wüsste sie von meiner Spionage. Sie könnte mir nie wieder in die Augen se-

hen, wüsste sie, was ich gelesen habe. Sie würde sich und mich gleichermaßen dafür hassen. Bitte, Herr Leike, ersparen Sie uns das. Verschweigen Sie ihr diesen Brief. Und noch einmal: Ich bitte Sie!
Und nun sende ich Ihnen das grauenvollste Schreiben, das ich jemals aufgesetzt habe. Hochachtungsvoll, Bernhard Rothner.

KAPITEL ACHT

Drei Tage später
Betreff: Emmi?
Emmi?
(Ich erwarte keine Antwort auf diese Frage. Ich will dir nur mitteilen, dass ich sie mir sechzig Sekunden pro Minute stelle.)

Zwei Tage später
Kein Betreff
Vielleicht verachtest du mich für jedes Wort, das ich dir jemals geschrieben habe. Vielleicht hasst du mich für jeden Buchstaben, den ich dir jetzt noch sende. Aber ich kann nicht anders. Wie geht es dir, Emmi? Ich würde so gerne für dich da sein. Ich würde so gerne irgendetwas Sinnvolles für dich tun. Ich würde so gerne wissen, wie du denkst und fühlst. Ich würde so gerne mit dir mitdenken und mitfühlen. Ich würde dir so gerne die Hälfte von Allem abnehmen, so unangenehm es auch ist.

Zwei Tage später
Kein Betreff
Soll ich dir nicht mehr schreiben?

Einen Tag später
Kein Betreff
Was heißt das, Emmi? Heißt es:
Du weißt selbst nicht, ob du willst, dass ich dir schreibe.
Es ist dir egal, ob ich dir schreibe.
Du willst definitiv nicht, dass ich dir schreibe.
Du liest keine Mails mehr von mir.

Drei Tage später
Betreff: Nordwind
Okay, Emmi, ich hab's verstanden, ich schreibe dir nicht mehr.
Im Falle (…) Nordwind (…) dann weißt du (…) immer.
Immer, immer, immer, immer, immer!
Alles Liebe. Dein Leo.

Fünf Stunden später
RE:
Hallo Leo, schläfst du schon?

Drei Minuten später
AW:
EMMI!!! DANKE!!!
Wie geht es dir? Bitte verrate es mir! Ich denke an nichts anderes. Ich sollte einen Forschungsbericht fertigstellen, sitze seit Stunden vor dem Bildschirm, starre auf die Symbolleiste mit dem Briefzeichen und warte auf ein Wunder mit vier Buchstaben. Es ist eingetreten. Ich kann es noch gar nicht glauben. EMMI. Du bist wieder da!

30 Sekunden später
RE:
Darf ich zu dir kommen?

Eine Minute später
AW:
Wie bitte, Emmi? Habe ich mich verlesen? Du willst »zu mir« kommen? Zu mir nach Hause? Top 15? Warum? Wann?

20 Sekunden später
RE:
Jetzt.

50 Sekunden später
AW:
Liebe Emmi, ist das dein Ernst? Geht es dir schlecht? Willst du dich aussprechen? Natürlich kannst du kommen. Aber es ist zwei Uhr früh. Wollen wir uns nicht lieber morgen treffen? Da haben wir mehr Zeit und einen klareren Kopf. (Ich zumindest.)

20 Sekunden später
RE:
Kann ich kommen, ja oder nein?

Eine Minute später
AW:
Das klingt zwar bedrohlich, aber ja, klar, Emmi, du kannst kommen!

30 Sekunden später
RE:
Hast du Whiskey oder muss ich mir einen mitnehmen?

40 Sekunden später
AW:
Ich hab Whiskey. Die Flasche ist dreiviertel voll. Genügt dir das? Emmi, du willst mir nicht zufällig verraten, in welcher Stimmung du bist? Nur damit ich mich darauf einstellen kann.

20 Sekunden später
RE:
Du wirst es rasch erkennen. Bis gleich!

40 Sekunden später
AW:
Bis gleich!

Am nächsten Abend
Betreff: **Tiefpunkt**
Liebe Emmi, ich glaube nicht, dass es dir heute besser geht, weder besser als gestern noch besser als mir. Die eigene Verletztheit nimmt dadurch nicht ab, dass man besessen ist, sie auf ihre möglichen Verursacher aufzuteilen. Wer heimzahlt, steht nachher selbst immer noch ärmer da. Dein stürmischer Auftritt, die Verleugnung deiner Schüchternheit, die Negierung

deiner Ängstlichkeit, dein »mitreißendes Verlangen«, dem ich mich – das hattest du wohl gewusst – nicht entziehen würde wollen und können, dein perfekt durchgezogener Plan, dein Auf-die-Spitze-Treiben und Fallenlassen, als wäre Intimität die wertloseste Sache der Welt, dein wohl kalkulierter Abgang, dein professionelles Verschwinden – das waren keine Vergeltungsmaßnahmen, das war eine einzige Verzweiflungsaktion. Deine Blicke danach sollten sagen: »Das war es doch, was du von Anfang an wolltest. Hier hast du es gehabt.« Nein, das wollte ich nicht, und du weißt es! Gleichzeitig so nah und so fern waren wir uns noch nie gewesen. Das war unser Tiefpunkt. Emmi, du kannst mich nicht täuschen. Du bist nicht die Souveräne, die Mächtige, die Coole, die Kränkungen auf diese Weise in Siege verwandeln kann.
Wirklich bestraft hast du mich einzig mit deiner Sprachlosigkeit. Was uns bis heute miteinander verbunden und aneinander gebunden hat, waren – Worte. Emmi, wenn dir noch etwas an mir liegt, dann rede mit mir! Leo.

Drei Stunden später
RE:
Worte willst du? Okay, einen Mundvoll habe ich noch, den schenke ich dir, ich kann nichts mehr damit anfangen.
Du hast Recht, Leo. Ich wollte es Bernhard beweisen. Ich wollte es dir beweisen. Ich wollte es mir beweisen. Jetzt weiß ich es: Ich kann betrügen. Mehr noch, ich kann Bernhard betrügen. Mehr noch, ich kann Bernhard mit DIR betrügen. Mehr noch, die größte Leistung, ich kann mich dabei gleich mitbetrügen, ja, das kann ich wohl am allerbesten. Danke übrigens, dass du »mitgespielt« hast. Ich weiß, Leo, es war nicht deine Zügellosigkeit, es war dein Mitgefühl. Du hattest mir angeboten, die Hälfte meiner Gefühle zu übernehmen. Diese Aufgabe hast du gestern früh in Anbetracht der angespannten Situation bravourös gemeistert. Geteiltes Bett – halbes Bett. Geteiltes Leid – doppeltes Leid.

Du hast Recht, Leo. Mir geht es heute nicht besser. Mir geht es beschissener als je zuvor.
Leo, du kannst dir nicht vorstellen, was »ihr« mir angetan habt. Ich fühle mich verraten und verkauft. Mein Ehemann und mein virtueller Liebhaber, die hatten hinter meinem Rücken einen Pakt geschlossen: Wenn mich der eine einmal leibhaftig spüren will, dann drückt der andere ausnahmsweise ein Auge zu. Wenn der eine dann für immer verschwindet, darf mich der andere für immer behalten.
Der eine gibt mich wie ein Fundstück meinem Ehemann, dem rechtmäßigen Besitzer zurück. Der andere gönnt mir dafür »die greifbare Begegnung« – ein sexuelles Abenteuer mit einer sonst so virtuellen Liebesfantasiegestalt, quasi als Finderlohn. Korrekte Teilung, perfekte Trennung, perfider Plan. Und die debile Emmi, gleichermaßen familienhörig wie getrieben von Abenteuerlust, wird niemals ein Sterbenswörtchen davon erfahren. Jaja.
Leo, was das für mich und Bernhard bedeutet, kann ich noch gar nicht abschätzen. Du wirst es vermutlich auch nicht erfahren. Was es für »uns« beide bedeutet? Das kann ich dir sofort sagen. Und für dich, der aus meinem Inneren zu lesen befähigt sein sollte wie kein anderer Mensch, für dich kann daran doch kein Zweifel bestanden haben, oder? Leo, sei nicht naiv. Es gibt kein »Wunder mit vier Buchstaben«. Es gibt nur eine logische Konsequenz, bestehend aus vier Buchstaben. So oft haben wir ihr entgegengezittert. So lange haben wir sie hinausgezögert, darüber hinweggetäuscht und daran vorbeigeschrieben. Jetzt hat sie uns eingeholt, und es liegt an mir sie zu verkünden: ENDE.

KAPITEL NEUN

Drei Monate später

Betreff: Ja, ich

Hallo Leo. Die diplomierte Pflegerin meiner angekratzten Psyche meint, ich könnte dich einmal fragen, wie es dir geht. Also, wie geht es dir? Was darf ich der fürsorglichen Frau Therapeutin ausrichten? Doch nicht etwa: ACHTUNG. GEÄNDERTE E-MAIL-ADRESSE (...)? Gruß, Emmi.

Drei Tage später

Betreff: Ich, noch einmal

Hallo Leo, ich habe meiner Therapeutin gerade am Telefon meine Dienstag-E-Mail an dich vorgelesen. Sie meint, ich dürfe mich nicht wundern, dass ich keine Antwort erhalte. Ich darauf: »Ich wundere mich ohnehin nicht.« Sie darauf: »Aber Sie wollen doch wissen, wie es ihm geht.« Ich: »Schon.« Sie: »Dann müssen Sie ihn so fragen, dass eine Chance besteht, dass Sie es erfahren.« Ich: »Ah so. Aber wie frage ich da am besten?« Sie: »Freundlich.« Ich: »Ich fühle mich aber nicht freundlich.« Sie: »Doch, Sie fühlen sich freundlicher, als Sie sich's eingestehen. Sie wollen nur nicht, dass er glaubt, dass Sie sich freundlich fühlen.« Ich: »Was er glaubt, ist mir egal.« Sie: »Das glauben Sie aber selbst nicht!« Ich: »Da haben Sie Recht. Sie sind eine gute Menschendurchschauerin.« Sie: »Danke, mein Job.« Ich: »Also, was soll ich tun?« Sie: »Erstens: Tun Sie, wovon Sie glauben, dass es gut für Sie ist. Zweitens: Fragen Sie ihn freundlich, wie es ihm geht.«

Fünf Minuten später

Betreff: Ich, noch ein zweites Mal

Hallo Leo, jetzt einmal ganz freundlich: Wie geht's?
Ich kann es noch freundlicher: Hallo Leo, wie geht es dir?
Und eine weitere Freundlichkeitssteigerung ist möglich: Liiiiieber Leo, wie geht es dir, wiiiiiiie geht es dir, wie geht es dir denn so, wie war Weiiihnachten, was bringt das neue Jaaahr, was macht das Leeeeben, was macht die Liiiiiebe, was macht

»Pam«, Verzeihung, Päääämäääla? Maximal freundliche Grüße, Emmi.

Zwei Stunden später

Betreff: **Ich, noch ein drittes Mal**

Hallo Leo, ich schon wieder. Vergiss bitte den Schwachsinn, den ich dir vorhin zugemutet habe. Aber soll ich dir etwas verraten? (Ist eines meiner Leo-Lieblingszitate. Dazu stelle ich mir dich immer volltrunken vor.) Soll ich dir etwas verraten? – Schreiben tut mir einfach gut!

Morgen werde ich meiner Therapeutin sagen, dass ich ihm geschrieben habe, dass mir schreiben einfach guttut. Sie wird erwidern: »Das war aber nur die halbe Wahrheit.« Ich: »Was wäre die ganze gewesen?« Sie: »Sie hätten korrekterweise schreiben müssen: DIR zu schreiben tut mir einfach gut.« Ich: »Ich schreibe ja sonst niemandem. Schreibe ich also, schreiben tue mir einfach gut, dann meine ich automatisch, IHM zu schreiben tue mir einfach gut.« Sie: »Das weiß er aber nicht.« Ich: »Doch, er kennt mich.« Sie: »Das würde mich wundern. Sie kennen sich ja selbst nicht, darum sind Sie auch bei mir gelandet.« Ich: »Wie ist doch gleich Ihr Stundensatz für Beleidigungen dieser Art?«

Leo, alles rundherum ist in Veränderung begriffen, nur die Buchstaben hier sind die gleichen. Es tut mir gut, (mich) daran festzuhalten. Ich habe das Gefühl, ich bleibe mir wenigstens auf diese Weise treu. Du musst mir nicht antworten. Ich glaube, es ist sogar besser, wenn du es nicht tust. Unser gemeinsamer Zug ist abgefahren, »Boston« (und wie es dazu kam) hat mich mit einjähriger Verspätung aus der Bahn geworfen. Ich sitze in einem düsteren Abteil eines völlig neuen Waggons und versuche mich erst einmal zu orientieren. Keine Ahnung, wo die Fahrt hingeht, die Stationen sind noch nicht eingezeichnet, selbst die Richtung ist nur vage vorgegeben. Wenn ich aus dem kleinen Fenster mit der matten Scheibe sehe, an dem die Landschaft vorbeizieht, dann würde ich dir gelegentlich gerne mitteilen dürfen, ob ich etwas erkenne und was es sein könnte. Geht das in Ordnung? Ich weiß, dass meine Impressionen bei dir gut aufgehoben sind. Und wenn du mir einmal von deiner Bahnreise erzählen willst, von deiner Erlebnisfahrt im »Pam«-Express – ich höre zu. Also dann: Tschüss und warm anziehen, der Winter bricht angeblich wieder ein. Kalte Zugluft macht den Hals starr und das Blickfeld klein. Man sieht nur geradeaus zum vermeintlichen Ziel und nicht zur Seite, wo die Augenblicke stattfinden, für die es sich lohnt, die Fahrt zu bestreiten. Emmi.

Zwei Tage später
Betreff: **Verrate mir nur …**
… ob du meine E-Mails
a.) ungelesen löscht.
b.) liest und löscht.
c.) liest und aufhebst.
d.) gar nicht bekommst.

Fünf Stunden später
AW:
c

Am nächsten Morgen
Betreff: **Gute Wahl!**
Die beste Wahl, Leo! Und wie ausführlich du sie zu beschreiben, zu begründen und zu gestalten vermagst! Äh, hast du dir bei deiner Erwiderung einen Schreibkrampf mit Sehnenscheidenentzündung im Handgelenk zugezogen oder kommt noch was? Freundlicher Gruß, Emmi.

Zwei Tage später
Betreff: **C-Analyse**
Hallo Leo, du wusstest natürlich, wie sehr deine erste und einzige Buchstabenspende seit sechzehn Wochen meine Fantasie

beflügeln würde. Was hat Sprachpsychologe Leo Leike mit seiner Antwort wohl zum Ausdruck bringen wollen? Was mochte er damit bezwecken?
a.) Wollte er mit dem kleinsten jemals schriftlich kundgetanen Lebenszeichen einen Platz in meinem persönlichen Buch seiner Rekorde erobern?
b.) Fesselte ihn die Vorstellung, dass die c-Empfängerin mit ihrer Psychotherapeutin bestimmt eine Stunde lang über den Unterschied zwischen »c« mit Punkt, »c« mit Punkt und Klammer und »c« nackt, naturbelassen, wie Leike es schuf, sinnieren würde?
c.) Wollte er sich auf perfektionistisch minimalistische Weise bei mir »zu Wort« melden, um sich (neuerlich) interessanter zu machen, als es der Situation angemessen erscheint?
d.) Oder ging es ihm rein um den Inhalt? Wollte er damit sagen: Ja, ich lese Emmi, ich hebe mir Emmi sogar weiterhin auf, aber ich schreibe ihr definitiv nicht mehr? Und ich bin höflich genug, ihr das mitzuteilen. Ich setze ein Zeichen, ein verhungertes, aber ein Zeichen, das kleinstmögliche, aber immerhin – ein Zeichen. Ich sende ihr einen angeknabberten Hühnerzehen-Ring. War es das?
In freudiger Erwartung eines weiteren Buchstaben, Emmi.

Drei Stunden später
AW:
Gegenfrage, liebe Emmi: Wenn du definitiv ENDE sagst (wie zuletzt vor sechzehn Wochen, am Tag danach, du wirst dich vielleicht noch erinnern können, am Tag wonach), was meinst du damit?
a.) ENDE?
b.) ENDE?
c.) ENDE?
d.) ENDE?
Und warum hältst du dich weder an a.) noch an b.) noch an c.) noch an d.)?

30 Minuten später
RE:
1.) Weil ich gerne schreibe.
2.) Okay: Weil ich DIR gerne schreibe.
3.) Weil meine Therapeutin sagt, dass es mir guttut, und die muss es ja wissen, die hat es studiert.
4.) Weil ich neugierig war, wie lange du es aushalten würdest, mir nicht zu antworten.
5.) Weil ich noch neugieriger war, wie die Antwort ausfallen würde. (Zugegeben: Auf »c« wäre ich nie gekommen.)
6.) Weil ich noch neugieriger war und bin, wie es dir geht.
7.) Weil solche nach außen gerichteten Neugierden dem Raumklima hier guttun, dem Klima in meiner sterilen, kahlen, winzigen neuen Wohnung mit dem stummen Piano und den nackten Wänden, die mir ständig ratlose Fragezeichen ins Gesicht schleudern. Eine Wohnung, die mich mit einem Schlag fünfzehn Jahre zurückgeworfen hat, ohne mich deswegen fünfzehn Jahre jünger zu machen. Jetzt stehe ich mit meinen fünfunddreißig wieder unten, im Treppenhaus einer Zwanzigjährigen. Jetzt heißt es die vielen Stufen nochmals zu steigen.
8.) Wo waren wir? Ach ja, beim »Ende«, warum ich mich nicht an »Ende« halte, wenn ich »Ende« sage: Weil ich manche Dinge heute ein bisschen anders sehe als vor sechzehn Wochen, weniger endgültig.
9.) Weil eben Ende nicht gleich Ende nicht gleich Ende nicht gleich Ende ist, Leo. Weil jedes Ende letzten Endes auch ein Anfang ist.
Schönen Abend noch. Und danke, dass du geschrieben hast!
Emmi.

Zehn Minuten später
AW:
Du bist ausgezogen, Emmi? Hast du dich von Bernhard getrennt?

Zwei Stunden später
RE:
Ich bin umgezogen, habe mich ein Stück zurückgezogen. Ich bin zu Bernhard auf Distanz gegangen. Jetzt haben wir ungefähr den Abstand zueinander, der unserer Beziehung der vergangenen zwei Jahre entspricht. Ich bemühe mich, die Kinder nicht darunter leiden zu lassen. Ich will weiter für sie da sein, wann immer sie mich brauchen. Für Jonas ist die neue Situation schlimm. Du solltest seinen Blick sehen, wenn er mich fragt: »Warum schläfst du nicht mehr zu Hause?« Ich erwidere: »Papa und ich verstehen uns momentan nicht sehr gut.« Jonas: »Aber in der Nacht ist das doch egal.« Ich: »Nicht, wenn man nur durch eine dünne Wand getrennt ist.« Jonas: »Dann tauschen wir zwei eben Schlafzimmer. Mich stört eine dünne Wand zum Papa überhaupt nicht.« – Was sagt man darauf?
Bernhard sieht seine Fehler und Versäumnisse ein. Er schämt sich. Er ist zerknirscht, niedergeschlagen, völlig fertig. Er versucht zu retten, was noch zu retten ist. Ich versuche zu erkennen, ob es noch etwas zu retten gibt. Wir haben viel geredet in den letzten Monaten, leider um einige Jahre zu spät. Wir haben erstmals hinter die Fassade unserer Beziehung geblickt: alles modrig und desolat. Nie daran gearbeitet, nie sauber gemacht, nie gelüftet, alles verkommen, schwerer Schaden. Ob sich das je wieder gutmachen lässt?
Wir haben auch viel über dich geredet, Leo. Aber das erzähle ich dir nur, wenn du es wissen willst. – (Da du es natürlich wissen willst, bleiben wir in E-Mail-Kontakt. Das ist mein Plan!) Ich will dich nicht belästigen, aber meine Therapeutin ist eben überzeugt davon, dass du mir guttust. Sie sagt: »Ich verstehe gar nicht, warum Sie bei mir so teure Stunden nehmen. Bei Ihrem Leo Leike kriegen Sie das alles gratis. Also bemühen Sie sich gefälligst um ihn!« Also bemühe ich mich gefälligst um dich, lieber Leo. Und du bist herzlich eingeladen, dich ein bisschen um mich zurückzubemühen. Gute Nacht.

Am nächsten Abend

Kein Betreff

Liebe Emmi, es ehrt mich, dass mir deine Psychotherapeutin zutraut, sie ersetzen zu können. (»Gratis« wäre freilich zu billig, aber ich würde dir einen guten Preis machen.) Und ich freue mich natürlich, dass sie jedenfalls überzeugt ist, dass ich dir guttue. Doch sei bitte so freundlich und frage sie, ob sie mir denn auch versichern könne, dass DU mir guttust.

Alles Liebe, Leo.

Eine Stunde später

RE:

Sie denkt nur an mein Wohl, nicht an deines, lieber Leo. Wenn du nicht weißt, was gut für dich ist, und wenn du es wissen willst, musst du dir einen eigenen Therapeuten nehmen. Würde ich dir übrigens sehr ans Herz legen, wird dir aber wohl zu aufwändig sein.

Angenehmen Abend, Emmi.

PS: Äh, du, Leo, ich würde so schrecklich gerne wissen, wie es dir geht. Willst du mir nicht ein bisschen etwas verraten? Kannst du nicht wenigstens ein paar Andeutungen machen? Bitte!!

Eine halbe Stunde später

AW:

Andeutung eins: Ich bin schon seit drei Wochen erkältet.

Andeutung zwei: Ich bin nur noch drei Wochen allein.

Ausführung zur Andeutung zwei: Pamela (»Pam«) kommt. Und bleibt.

Zehn Minuten später

RE:

Oh, das ist aber eine Überraschung! Gratuliere, Leo, das hast du dir redlich verdient! (Ich meine natürlich »Pam«, nicht die Erkältung.) Gruß, Emmi.

Fünf Minuten später
AW:
Da fällt mir jene Frage ein, die wir uns vor einigen Monaten gegenseitig gestellt und nie beantwortet haben. Sie lautete: Hat sich durch unsere Treffen etwas bei uns verändert? – Für meinen Teil: Ja! Seit ich dein Gesicht vor mir habe, wenn ich deine Zeilen lese, kann ich viel schneller erkennen, in welcher Stimmung du gerade bist, wenn du mir schreibst, und wie deine Worte tatsächlich gemeint sind, wenn sie ganz bestimmt anders gemeint sind, als sie hier stehen. Ich sehe deine Lippen, wie sie die Worte hinauslassen. Ich sehe deine verschleierten Pupillen, wie sie den Vorgang kommentieren. Vorhin schriebst du: »Oh, das ist aber eine Überraschung! Gratuliere, Leo, das hast du dir redlich verdient.« Und damit meintest du: »Oh, das ist vielleicht eine Ernüchterung! Aber selber schuld, Leo, du hast dir offenbar nichts Besseres verdient.« In Klammern merktest du dann noch scherzhaft an: »Ich meine natürlich ›Pam‹, nicht die Erkältung.« Und das sollte bitterböse heißen: »Immer noch besser eine dreiwöchige Erkältung als auf Dauer diese ›Pam‹!« – Stimmt's?

Drei Minuten später
RE:
Nein, Leo, ich bin vielleicht manchmal bitter, aber ich bin nicht bitterböse. Ich bin überzeugt davon, dass »Pam« eine interessante Frau ist und dass sie dir guttut, besser als jeder Heuschnupfen. Schickst du mir ein Foto von ihr?

Eine Minute später
AW:
Nein, Emmi.

30 Sekunden später
RE:
Warum nicht?

Zwei Minuten später
AW:
Weil ich nicht wüsste, was du damit anfangen solltest. Weil es für dich völlig unerheblich ist, wie sie aussieht. Weil ich nicht will, dass du dein Aussehen mit ihrem vergleichst. Weil ich müde bin. Weil ich jetzt schlafen gehe. Gute Nacht, Emmi.

Eine Minute später
RE:
Du schreibst trotzig und gereizt, Leo. Warum? 1.) Gehe ich dir auf die Nerven? 2.) Bist du nicht glücklich? 3.) Oder besitzt du kein Foto von ihr?

20 Sekunden später
AW:
Nein.
Doch.
Doch.
Gute Nacht!

KAPITEL ZEHN

Am nächsten Abend
Betreff: **Entschuldigung**
Tut mir leid, wenn ich ruppig war. Ich habe momentan nicht meine beste Phase. Ich melde mich wieder! Alles Liebe, Leo.

Zwei Stunden später
RE:
Ist schon gut. Melde dich, wenn du dich wieder meldest. Du musst gar nicht deine beste Phase haben. Ich würde mich auch mit deiner zweitbesten zufriedengeben. Emmi.

Drei Tage später
Betreff: **Meine Phase**
Liebe Emmi, wieso habe ich seit drei Tagen das (mitunter durchaus quälende) Gefühl, dass du ungeduldig darauf wartest, dass ich dir endlich erkläre, inwiefern ich momentan nicht meine beste Phase habe? Gruß, Leo.

Vier Stunden später
RE:
Wahrscheinlich weil du das Bedürfnis hast, es mir zu erklären. Wenn du es mir unbedingt erklären willst, dann erkläre es mir einfach, und rede nicht herum.

Zehn Minuten später
AW:
Nein, Emmi, ich habe absolut kein Bedürfnis, es dir zu erklären! Ich kann es dir nämlich gar nicht erklären, denn ich kann es mir selbst nicht erklären. Paradoxerweise glaube ich aber, dir eine Erklärung schuldig zu sein. Wie erklärst du dir das?

Acht Minuten später
RE:
Keine Ahnung, Leo. Vielleicht bist du mir gegenüber plötzlich paranoid phasenaufklärungsbedürftig. (Übrigens ein völlig

neuer Zug an dir.) Wenn du willst, frage ich meine Therapeutin, ob sie da wen kennt, irgendeinen guten Phasenaufklärungsbedürftigkeitsexperten.
Nur zu deiner Entkrampfung: Du musst mir nicht erklären, warum du »momentan nicht deine beste Phase« hast. Ich weiß es ohnehin.

Drei Minuten später
AW:
Grandios, Emmi. Dann erkläre es mir bitte!

20 Minuten später
RE:
Du bist aufgeregt, wegen (»...«), okay, wegen Pamela. In Boston warst du zu Gast bei ihr. Nach Boston war sie zu Gast bei dir. Oder ihr wart gleichzeitig und wechselweise zu Gast beieinander, etwa in London oder wie auch immer die Kulisse hieß. Nun aber ändern sich mit den geografischen auch die liebesproportionalen Verhältnisse. Sie kommt zu dir und bleibt bei dir. Fernbeziehung wird Nahbeziehung. Das bedeutet: zwischenmenschlicher Alltag innerhalb der eigenen vier Wände statt Vollpension im Romantikhotel. Fenster putzen und gewaschene Vorhänge aufhängen, statt sehnsüchtig hinaus in die Weite der Wunschlandschaften zu starren. Sie kommt übrigens nicht nur zu dir. Sie kommt wegen dir. Sie kommt für dich. Sie setzt auf dich. Du übernimmst Verantwortung. Dieser Gedanke stresst dich natürlich. Du hast Angst vor der Ungewissheit, ein flaues Gefühl, dass zwischen euch plötzlich alles anders sein könnte. Deine Unruhe ist verständlich und berechtigt, Leo. Du kannst momentan gar nicht deine »beste Phase« haben. Was wäre dann von der darauffolgenden Phase, von dem auf dich zukommenden Lebensabschnitt zu halten? Ich bin überzeugt: Ihr werdet das Kind schon schaukeln! Alles Liebe, schönen Abend, Emmi.

Sieben Stunden später
Betreff: **Du Tagebuch**
Hallo Emmi, du wirst bereits schlafen. Es ist zwei oder drei, schätze ich. Ich trinke momentan überhaupt keinen Alkohol, deshalb vertrage ich ihn nicht. Das ist erst mein drittes Glas und ich sehe alles verschwommen. Okay, es ist ein großes Glas, das gebe ich schon zu. Der Wein hat 13,5 Volumprozent, steht auf dem Etikett, die sind bereits in meinem Kopf, die restlichen sechsundachtzig oder siebenundachtzig Prozent sind noch in der Flasche. Die trinke ich jetzt, da ist kein Alkohol mehr drinnen. Alles in meinem Kopf. Es ist aber schon die zweite Flasche, das gebe ich zu.
Du, Emmi, ich muss dir etwas verraten, du bist die einzige Frau, der ich schreibe, der ich so schreibe, wie ich schreibe, wie ich bin, wonach mir ist. Du bist eigentlich mein Tagebuch, aber du hältst nicht still wie ein Tagebuch. Du bist nicht so geduldig. Du mischt dich immer ein, du konterst, du widersprichst mir, du verwirrst mich. Du bist ein Tagebuch mit Gesicht und Körper und Figur. Du glaubst, ich sehe dich nicht, du glaubst, ich spüre dich nicht. Irrtum. Irrtum. So ein Irrtum. Schreibe ich dir, dann hole ich dich ganz nah an mich heran. Das war schon immer so. Und seit ich dich »persönlich« kenne, du weißt schon, seit wir uns gegenübergesessen sind, seither, zum Glück hat mir niemand den Puls gemessen, seither …, das habe ich dir nie gesagt, das wollte ich dir nicht sagen, wozu auch? Du bist verheiratet, er liebt dich. Er hat einen schweren Fehler begangen, er hat geschwiegen. Eigentlich der schwerste Fehler. Aber du musst ihm verzeihen. Du gehörst zu deiner Familie, das sage ich nicht, weil ich ein wertkonservativer Mensch bin, denn ich bin gar kein wertkonservativer Mensch, vielleicht ein bisschen wertkonservativ, aber nicht konservativ, das bin ich nicht. Wo waren wir? Emmi, ja, genau, du gehörst zu deiner Familie, weil du eben zu ihr gehörst, zur Familie. Und ich gehöre zu Pamela, oder sie zu mir, ganz egal. Nein, nein, ich schicke dir kein Foto von ihr. Das schaffe

ich nicht, das ist mir zu (...), da stelle ich sie zu sehr in die Auslage, verstehst du mich, warum soll ich das tun? Emmi, sie ist anders als du, aber sie liebt mich, und wir haben uns entschieden, wir werden glücklich sein, wir passen gut zusammen, wir haben eine Zukunft, das kannst du mir glauben. Darf ich dir das schreiben? Bist du mir böse?

Emmi, du und ich, wir beide hätten längst aufhören müssen. So kann man nicht Tagebuch führen, das hält keiner aus. Du schaust mich immer an – du würdest schreiben, du schaust mich immer so, so, so an. Und ich sehe dich, wie du mich anschaust, wenn du so, so, so sagst, da kann ich sagen, was ich will, da kann ich schweigen, wie lange ich will, du schaust mich an mit deinen Augen/Worten. Jeder Buchstabe von dir blinzelt mir zu, so, so, so, einmal so, einmal so, einmal so. Jede Silbe hat deinen Blick.

Emmi, Emmi, das war ein schlechter Winter. Keine frohen Weihnachten und kein gutes neues Jahr von keiner Emmi Rothner. Ich dachte wirklich, es ist vorbei. Du hast ENDE geschrieben nach dieser Nacht. Diese Nacht und dann noch ENDE, nicht Ende, sondern ENDE, das war zu viel. Ich habe dich abgeschrieben. Da ist alles verschwunden, da war nichts mehr vorhanden. Kein Tagebuch. Kein Tag. Das war eine scheußlich leere Zeit, das kannst du mir glauben. Aber Pamela liebt mich, da bin ich sicher.

Emmi, ich frage dich, erinnerst du dich an diese Nacht? Das hätten wir nicht tun dürfen. Du warst so zornig, so verbittert, so traurig und trotzdem so, so, so (...). Dein Atem über meinem Gesicht, in meinen Augen, der ist mir bis unter die Netzhaut gegangen. Kann Nähe noch näher sein? Wie oft habe ich davon geträumt, immer die gleichen Bilder. So fest umschlungen zu sein, und dann für immer zu erstarren (...). Und nur noch deinen Atem zu spüren.

Aber jetzt höre ich besser auf zu schreiben. Ich bin ein bisschen betrunken, der Wein ist stark, egal ob mit oder ohne Alkohol. Emmi, noch fünfzehn Nächte, ich habe sie gezählt,

dann kommt Pamela. Dann beginnt ein neues Leben, du sagst Abschnitt, ich sage Leben. Aber ich bin nicht wertkonservativ, nur ein bisschen. Dein Leben sind Bernhard und die Kinder. Schneide es nicht ab. Wer nur in Abschnitten lebt, dem fehlt die Spannweite, die Tragweite, der Sinn des Ganzen. Der lebt in laschen, kleinen, nichtssagenden Stücken. Bei dem kommt am Ende alles zu kurz. Prost!
Und jetzt, egal, jetzt küsse ich dich, mein Tagebuch. Sieh mich bitte nicht so an!!! Und verzeihe mir solche E-Mails. Ich habe derzeit nicht meine beste Phase, auch nicht meine zweitbeste. Und ich bin ein bisschen betrunken. Nicht viel, aber ein bisschen. So. Stopp. Aus. Senden. Ende, nicht ENDE, nur Ende, dein Leo.

Am nächsten Morgen
Betreff: **Noch 14 Nächte**
Lieber Leo, deine Trunkenheitsbotschaften haben es wirklich in sich! Das war mehr als ein Redeschwall, das war ein richtiger Sturzbach, du solltest nicht immer so viel zusammenkommen lassen. Aber wenn dein Gefühlsschrank birst und dir die Zeilen in Rotweinbädern hinausfließen, bist du manchmal ein echter Philosoph. Deine Ausführungen über Wertkonservativismus und Lebensabschnitte – davon könnten sich die alten Lehrmeister noch etwas abschauen. Ich weiß gar nicht, wo ich beginnen soll, darauf einzugehen. Ich weiß ja nicht einmal, ob ich damit beginnen soll. Zahlt es sich denn noch aus für vierzehn Nächte? Ich werde dazu meine Therapeutin befragen. Und du krieg einmal die restlichen Volumprozent aus dem Kopf! Alles Liebe, dein niemals stillhaltendes Tagebuch.

Neun Stunden später
Betreff: **Unser Programm**
Guten Abend, Leo. Liest du schon wieder gerade Buchstaben? (Erkennst du darin mein Gesicht?) Dann richte ich in meiner Funktion als Tagebuch folgende Anfrage bezüglich unseres

Programms für die nächsten und möglicherweise letzten zwei Wochen an dich: Was wollen wir tun?
1.) Wollen wir schweigen, damit du dich in Ruhe auf »Pam« vorbereiten kannst? (Ich zitiere: »Sie liebt mich, wir haben uns entschieden, wir werden glücklich sein.« Persönliche Zwischenbemerkung: tolle Entscheidung!)
2.) Wollen wir weiterschreiben, als wäre zwischen dir und deinem Tagebuch nie etwas gewesen (und könnte allein deshalb auch nichts mehr sein)? Und pünktlich mit dem Eintreffen der Maschine aus Boston enden die dialogischen Aufzeichnungen, damit du dich endlich auf dein weiteres Leben konzentrieren kannst, während ich mich in meinen nächsten Abschnitt stürze oder den vorangegangenen wegen mäßigen Erfolges wiederhole?
3.) Oder wollen wir uns noch einmal treffen? Du weißt schon: eines unserer berühmten letzten Treffen. Mit dem Ziel, mit dem Ziel, mit dem Ziel (...). Ohne Ziel. Einfach so. Wie nannten wir es im vergangenen Sommer? – »Ein würdiger Abschluss.« Wollen wir endlich würdig und vor allem wirklich abschließen? Bedenke, so reif wird die Zeit dafür wohl nie mehr sein.

Am nächsten Abend
Betreff: **Noch 13 Nächte**
Hallo Leo, wie ich sehe, hast du dich ohne Absprache mit deinem Tagebuch für 1.) entschieden. Oder denkst du noch nach? Oder bist du einfach nur nüchtern und still? Komm, sag schon! Emmi.

Zwei Stunden später
AW:
Nüchtern, still und ratlos.

Zehn Minuten später
RE:
Wenn du nüchtern bist, trinke. Wenn du still bist, rede. Wenn du ratlos bist, frag mich. Dazu ist dein Tagebuch da.

Fünf Minuten später
AW:
Was soll ich dich fragen?

Sechs Minuten später
RE:
Frag mich am besten, was du wissen willst. Und wenn du so ratlos bist, dass du nicht weißt, was du mich fragen sollst, weil du nicht weißt, was du wissen willst, so frag mich eben etwas anderes. (Solche Sätze habe ich von dir gelernt!)

Drei Minuten später
AW:
Okay, Emmi. Was hast du an?

Eine Minute später
RE:
Bravo, Leo. Dafür, dass du nicht weißt, was du wissen willst, war es eine gute, berechtigte, um nicht zu sagen: brennende Frage!

50 Sekunden später
AW:
Danke. (Solche Fragen habe ich von dir gelernt!) Also, was hast du gerade an?

Fünf Minuten später
RE:
Was erwartest du dir als Antwort? Gar nichts? Oder etwa gar: »Nichts!«? Nun, leider, ich hoffe, du kannst mit der Wahrheit

leben: Es ist ein graues Flanellpyjamahemd, bei dem mir die dazu passende Hose abhandengekommen ist, die ich nun durch eine hellblaue ersetzt habe, die mir immer runterrutscht, weil der Gummi gerissen ist, die mir aber leidtut, weil sie alleinstehend ist, weil das zugehörige Oberteil in der Waschmaschine bei neunzig Grad von ihr gegangen ist, ich glaube, es geschah in einer nebeligen Novembernacht. Um mir selbst den Anblick auf meine Kombination zu ersparen, trage ich darüber einen kaffeebohnenbraunen Frotteebademantel von Eduscho. Fühlst du dich jetzt besser in deiner Haut?

15 Minuten später
AW:
Und wenn wir uns noch einmal treffen, was hättest du dir da vorgestellt, Emmi?

Drei Minuten später
RE:
Na siehst du, bei dieser Frage ist schon ein deutlicher Qualitätssprung zu beobachten. Mein Outfit hat dich offenbar inspiriert.

Zwei Minuten später
AW:
Also, was hättest du dir vorgestellt?

Acht Minuten später
RE:
Leo, du kannst ruhig »hast« sagen und brauchst nicht zwanghaft »hättest« zu verwenden. Ich weiß auch so, dass du weit davon entfernt bist, mich noch ein viertes Mal zu treffen. Und das verstehe ich auch. Du hast im Vorfeld von »Pam« bestimmt Angst vor einer weiteren nächtlichen Sexualattacke meinerseits, der du dich nicht erwehren können würden woll-

test. (Auch ich mag Konjunktive!) Ich darf dich beruhigen: So »hätte« ich es mir diesmal nicht vorgestellt, mein Lieber.

Eine Minute später
AW:
Sondern wie?

50 Sekunden später
RE:
So wie du es dir vorstellst.

30 Sekunden später
AW:
Ich stelle mir aber nichts vor, Emmi, zumindest nichts Bestimmtes.

20 Sekunden später
RE:
Das entspricht exakt meiner Vorstellung.

50 Sekunden später
AW:
Ich weiß nicht, liebe Emmi. Ein »letztes« Treffen, ohne dass sich einer von uns beiden etwas darunter vorstellen könnte, kann ich mir, offen gestanden, irgendwie nicht gut vorstellen. Ich glaube, wir sollten es besser beim Schreiben belassen. Da können wir mit unseren Vorstellungskräften großzügiger umgehen.

40 Sekunden später
RE:
Na siehst du, lieber Leo. Jetzt wirkst du gar nicht mehr so ratlos. Auch nicht still. Nur noch nüchtern, leider. Ich werde mich nie daran gewöhnen. Gute Nacht, schlaf gut. Ich schalte ab.

30 Sekunden später
AW:
Gute Nacht, Emmi.

Am nächsten Abend
Betreff: **Noch zwölf Nächte**
Hallo Leo, meine Therapeutin warnt mich ausdrücklich und eindringlich davor, dich in dieser Phase (die weder deine beste noch meine zweitbeste ist) noch einmal zu treffen. Habt ihr euch abgesprochen?

Zwei Stunden später
Betreff: **Stimmt's?**
Du bist da. Stimmt's?
Du hast auch die E-Mail gelesen. Stimmt's?
Du weißt nur nicht mehr, was du sagen sollst. Stimmt's?
Du weißt nämlich nicht mehr, was du mit mir anfangen sollst. Stimmt's?
Du denkst dir: Ach, wären diese zwölf Nächte nur schon vorüber! Stimmt's?

40 Minuten später
AW:
Liebe Emmi, so schwer es mir fällt, es zuzugeben: Du hast leider mit jedem Wort Recht!

Drei Minuten später
RE:
Das ist bitter!

Eine Minute später
AW:
Nicht nur für dich!

50 Sekunden später
RE:
Hören wir auf?

30 Sekunden später
AW:
Ja, das wäre das Beste.

30 Sekunden später
RE:
Jetzt gleich?

40 Sekunden später
AW:
Ja, von mir aus gleich!

20 Sekunden später
RE:
Okay.

15 Sekunden später
AW:
Okay.

30 Sekunden später
RE:
Du zuerst, Leo!

20 Sekunden später
AW:
Nein, du zuerst, Emmi!

15 Sekunden später
RE:
Wieso ich?

25 Sekunden später
AW:
Es war deine Idee!

Drei Minuten später
RE:
Aber du hast mich inspiriert, Leo! Du inspirierst mich seit Tagen! Du und deine Stille. Du und deine Nüchternheit. Du und deine Ratlosigkeit. Du und dein: »Es ist besser so.« Du und dein: »Es ist besser, wenn wir nicht mehr (...).« Du und dein: »Ich glaube, wir sollten es belassen.« Du und dein: »Ach, wären diese zwölf Nächte nur schon vorüber!«

Vier Minuten später
AW:
Den letzten Satz hast du mir in den Mund gelegt, meine Liebe.

Eine Minute später
RE:
Wenn man dir die Sätze nicht in den Mund legt, kommt überhaupt keiner mehr heraus, mein Lieber!

Drei Minuten später
AW:
Mich macht ja nur nervös, wie melodramatisch du diesen Abschieds-Countdown zelebrierst, liebe Emmi. Betreff: Noch vierzehn Nächte. Betreff: Noch dreizehn Nächte. Betreff: Noch zwölf Nächte. Das ist schmerzerfüllter Betrefffetischismus, hochgradiger Betroffenheitsmasochismus. Warum machst du das? Warum machst du es uns noch schwerer, als es sich selbst macht, dadurch, dass es ist, wie es ist?

Drei Minuten später
RE:
Würde ich es uns nicht schwerer machen, wäre es auch nicht

leichter. Lass mich doch unsere letzten ansatzweise gemeinsamen Nächte zählen, lieber Leo. Das ist meine Art der Bewältigung. Viele sind es ohnehin nicht mehr. Und morgen früh ist es wieder eine weniger. Was so viel heißt wie: Gute zwölftletzte Nacht wünscht dir dein beharrlich widerspruchsgeistiges Tagebuch!

KAPITEL ELF

Am nächsten Tag
Betreff: **Mein Vorschlag!**
Guten Morgen, liebe Emmi. Ich mache dir einen Vorschlag für die virtuelle Gestaltung der nächsten eineinhalb Wochen: Jeder von uns beiden darf dem anderen täglich je eine Frage stellen und ist dem anderen je eine Antwort auf dessen Frage schuldig. Einverstanden?

20 Minuten später
RE:
Wann ist dir denn diese abstruse Idee gekommen, mein Bester?

Drei Minuten später
AW:
War das schon deine Frage für heute, meine Beste?

Fünf Minuten später
RE:
Moment, Leo, ich habe nicht gesagt, dass ich einverstanden bin. Du weißt, ich spiele gerne, sonst säße ich nicht seit zwei Jahren hier. Aber dieses Spiel ist noch unausgegoren. Wie halten wir es zum Beispiel, wenn sich nach deiner Antwort auf meine Frage eine Rückfrage ergibt?

Eine Minute später
AW:
Dann kannst du diese am nächsten Tag stellen.

50 Sekunden später
RE:
Das ist unfair! Du willst ja nur, dass die Zeit zwischen mir und »Pam« schneller vergeht, damit die Tage deiner letzten dialogischen Tagebuchaufzeichnungen endlich gezählt sind.

40 Sekunden später
AW:
Tut mir leid, Emmi. Aber so geht das Spiel nun einmal. Das weiß ich ganz genau, denn ich habe es erfunden. Fangen wir an?

Eine Minute später
RE:
Moment. Darf man Fragen auch nicht beantworten?

50 Sekunden später
AW:
Nein, nicht beantworten gilt nicht! Höchstens ausweichend beantworten.

30 Sekunden später
RE:
Da bist du im Vorteil, das trainierst du schon seit fünfundzwanzig Monaten.

40 Sekunden später
AW:
Liebe Emmi, fangen wir jetzt an?

30 Sekunden später
RE:
Und was ist, wenn ich nein sage?

Zwei Minuten später
AW:
Dann war das hier soeben gleichzeitig deine heutige Frage und deine heutige Antwort. Und wir lesen uns morgen wieder.

Eine Minute später
RE:
Wärest du nicht Leo Leike, den ich mit eigenen Augen mit ganz anderen Augen an einem Kaffeehaustisch habe schmachten sehen, als er alles dafür gab, so charmant zu sein, dass er es mit meiner Wunschvorstellung von ihm hätte aufnehmen können, dann würde ich sagen: Du bist ein Sadist! Also frage mich. (Aber frage mich bitte nicht, was ich anhabe!) Emmi.

Drei Stunden später
Betreff: Erste Frage
Ich warte noch immer auf deine Frage, mein Guter. Fällt dir nichts ein? Das war übrigens noch nicht meine Frage! Meine Frage lautet: »Lieber Leo, du hast im Zuge deiner jüngsten schriftlichen Komabesäufnis-Kundgebungen über dich und P… P… Pamela behauptet, ihr beide würdet gut zusammenpassen. Inwiefern? Ich bitte um eine nähere Erläuterung.«

Fünf Minuten später
AW:
Meine Frage an dich, Emmi, lautet: »Würdest du es wieder tun?«

15 Minuten später
RE:
Sehr schlau, Leo. Das »Es« darf ich mir also aussuchen, und wehe, ich erwische ein falsches, dann bleibt »es« ewig an mir hängen, obwohl du derjenige warst, der »es« unbedingt hinterfragen wollte. Wärest du nicht Leo, sondern irgendein anderer Mann, dann wäre wohl klar, dass »es« nur Sex bedeuten könnte. In unserem Fall: Mein »Besuch« bei dir, meine Enttäuschung, meine Verzweiflung, meine Zerstörungswut und, daraus resultierend – »es«. Hättest du dieses »Es« gemeint, dann wäre meine Antwort nein gewesen. Nein, ich würde es nicht mehr tun! Ich wünschte, ich hätte es nie getan.

Da du aber Leo Leike bist, meinst du mit »es« natürlich nicht Sex, sondern etwas Anderes, Größeres, Erhabeneres, Hochwertigeres. Wenn mich nicht alles täuscht, müsste »es« unsere Schreibbeziehung sein. Du fragst: Würdest du es wieder tun? Würdest du mir wieder zurückschreiben? Würdest du dich ein zweites Mal auf diese Weise, mit dieser Intensität, mit diesem emotionalen Aufwand auf mich einlassen? Würdest du »es« tun, obwohl du wüsstest, wie »es« ausgehen würde?
Ja, Leo. Mehr noch: JA! Immer wieder.
So, und jetzt kommst du!

50 Minuten später
RE:
Ich weiß, es macht dir keinen Spaß, meine Frage zu beantworten. Aber du musst, Leo! Du hast das Spiel erfunden!

Eine Stunde später
AW:
Meine Antwort, liebe Emmi, lautet: »Pamela und ich passen gut zusammen, weil ich das Gefühl habe, dass wir eben gut harmonieren. Unser Umgang miteinander ist ungezwungen und unkompliziert. Wenn jeder von uns beiden tut, was er will, dann tut er dabei nichts, was der andere nicht will. Wir haben ähnliche Charaktere, sind beide eher ruhig und bedächtig, reiben uns nicht gegenseitig auf, fordern nicht mehr vom anderen, als dieser zu geben bereit ist, wollen einander nicht verändern, nehmen uns so, wie wir sind. Uns wird nie langweilig miteinander. Wir mögen die gleiche Musik, die gleichen Bücher, Filme, Speisen und Bilder, haben die gleiche Gesinnung, den gleichen Witz oder Nicht-Witz. Kurzum: Wir können und wollen miteinander. Das hatte ich mit »gut zusammenpassen« gemeint. Gute Nacht, Emmi.

Am nächsten Abend
Betreff: ???
Hallo Emmi, meine heutige Frage lautet: »Warum meldest du dich nicht?«

Zehn Minuten später
RE:
Hallo Leo, meine heutige (ungezwungene und unkomplizierte) Antwort lautet: »Lies deine gestrige nächtliche E-Mail über gutes Zusammenpassen, und du müsstest eigentlich wissen, warum ich mich nicht melde.«

15 Minuten später
Betreff: Frage zum Tag
Okay, bringen wir es hinter uns. Meine Frage lautet: »Gehe ich recht in der Annahme, dass du gar nicht willst, dass ich ›Pam‹ mag, und dass du mir gar nicht die Chance gibst, eurer Partnerschaft wohlgesonnen zu sein, andernfalls du mir nicht ein Bild von euch beiden servieren würdest, bei dem ich gar nicht anders kann, als in meinen Bildschirm hineinzukriechen und inbrünstig zu quietschen: Iiiiiiiiiiiiiiiiiiih, fürchterlich! Die mögen die gleiche Musik, die gleichen Bücher, Filme, Speisen und Bilder, haben die gleiche Gesinnung, den gleichen Witz beziehungsweise, noch schlimmer, Nicht-Witz. Iiiiiiiiiiiiiiih! Vielleicht gehen sie schon in ein paar Wochen in hellblau-weiß geringelten Partnerlook-Socken zum Synchron-Abschlag auf den Golfplatz. Aber, siehe da: Den beiden wird nie, nie, nie langweilig miteinander. Wahnsinn, wie machen die das bloß? Mir schläft bereits das Gesicht ein, wenn ich Leo nur zuhöre, wie er sein Zusammenpassen mit »Pam« beschreibt. (Hast du meine Frage verstanden? Sie war eher am Anfang.)

20 Minuten später
AW:
Tobe dich nur aus mit Spott und Zynismus, Emmi. Ich habe

nie behauptet, dass ich ein spannender Mann bin. Wenn dir bei meinen Schilderungen das Gesicht einschläft, dann kommt wenigstens irgendwas bei dir zur Ruhe, das kann deinem Blutdruck nur förderlich sein. Kleine Anmerkung, lass sie dir bitte von deiner Therapeutin bestätigen: Emmi, es ist äußerst kontraproduktiv und auch ein bisschen billig, erst den Zug des Mannes abfahren zu lassen (deine Worte), um dann jene Frau herunterzumachen, die mit ihm im neuen Abteil sitzt. Auf diese Art und Weise wirst du sie mir nie und nimmer ausreden können, im Gegenteil, du machst noch Reklame für sie.

Womit ich zur Beantwortung deiner im Emotionshagel beinahe untergegangen Frage schreite: Ob du meiner »Partnerschaft« »wohlgesonnen« bist, Emmi, liegt nicht in meinem Einflussbereich. Lieber wäre mir, du wärest es. Aber wenn es dir besser dabei geht, es nicht zu sein, dann sei es nicht. Ich ertrage das schon. Sollte meine Partnerschaft mit Pamela irgendwann an irgendetwas kranken oder scheitern, dann jedenfalls mit hundertprozentiger Sicherheit nicht an deiner Nicht-Wohlgesonnenheit, Emmi. Angenehmen Abend noch, Leo.

Zehn Minuten später

RE:

Das war böse, Leo! Wenn ich zynisch bin, dann bin ich nur zynisch. Wenn du zynisch bist, dann bist du richtig böse.

Übrigens: ICH habe deinen Zug nicht abfahren lassen, mein Bester. Ich hatte damals vielmehr geschrieben: »Unser gemeinsamer Zug ist abgefahren«. Das ist ein Unterschied. Du tust gerade so, als hätte ich deinen Zug eigenhändig abgefertigt und dich in die Verdammnis geschickt. (Ich meine jetzt nicht »Pam«!) Leo, unseren gemeinsamen Zug haben wir beide sausen lassen, das war professionelle Teamarbeit nach monatelangem hartem Stationsversäumnis-Training. Sei dir dessen bitte bewusst. Gute Nacht.

Drei Minuten später
RE:
Und verzeihe mir die Partnerlook-Ringelsocken. Das war wirklich gemein.

Eine Minute später
AW:
Aber es hat dir Spaß gemacht.

20 Sekunden später
RE:
Ja, riesig!

30 Sekunden später
AW:
Dann hat es schon seinen Zweck erfüllt. Schlaf gut, liebe Spötterin!

20 Sekunden später
RE:
Du auch, du lieber Spott-Wegstecker! Was ich besonders an dir schätze: Du verstehst Spaß, auch wenn er gegen dich gerichtet ist.

40 Sekunden später
AW:
Weil ich dich gerne lachen sehe. Und nichts scheint dich mehr zu erfreuen als gegen mich gerichteter Spaß.

30 Sekunden später
RE:
Du, Leo, ich mag übrigens Ringelsocken! Du siehst sicher süß darin aus. Noch unschuldiger als sonst. Gute Nacht!

Am nächsten Tag
Betreff: **Meine Frage**
Liebe Emmi, meine heutige Frage lautet: »Wie geht es mit dir und Bernhard weiter?«

Fünf Minuten später
RE:
Leo, nein! Muss das sein?

Sieben Stunden später
Betreff: **Bernhard**
Also gut. Er fliegt mit mir zu Ostern ohne Kinder eine Woche auf die Kanarischen Inseln, nach La Gomera. Ich betone: ER fliegt mit mir, nicht ich mit ihm. Aber ich fliege wahrscheinlich mit. Ich werde es geschehen lassen. Ich finde es mutig von ihm. Er hat nichts zu erwarten und erwartet sich alles. Er glaubt an die Rückeroberung meiner Gefühle, an die Wiederkehr der großen Liebe, eingebettet in Sand, Salz, Sonnenöl und Steine. Na ja. Ich werde vielleicht den Segelschein machen.

Fünf Minuten später
AW:
Heißt das, du gibst eurer Ehe noch eine Chance?

Drei Minuten später
RE:
Disziplin, lieber Leo! Nur eine Frage pro Tag!

Zwei Minuten später
AW:
Gut, dann stelle ich sie dir morgen noch einmal. Und was ist mit deiner Frage?

Vier Minuten später
RE:
Die hebe ich mir für das Hauptabendprogramm auf. Den heutigen »Tatort« habe ich schon einmal gesehen.

Fünf Stunden später
Betreff: Meine Frage
Hier meine Frage: »Spürst du ihn noch?«

Zwei Stunden später
RE:
Lieber Leo, jede Frage muss beantwortet werden!

Zwei Stunden später
RE:
Feigling! Du hättest ruhig zugeben können, dass du nicht weißt, wer »er« ist, den du spüren solltest. Das wäre dann wenigstens eine stilvolle Umschreibung dafür gewesen, dass du ihn eben nicht mehr spürst. Denn würdest du ihn spüren, wüsstest du, wer »er« ist. Tröste dich: Ich habe auch nicht damit gerechnet. Es ist spät, ich gehe schlafen, gute Nacht. Noch sieben Mal aufstehen, dann sind wir durch. Emmi.

20 Minuten später
Betreff: Natürlich!
Hallo Emmi, ich bin gerade erst nach Hause gekommen. Zu deiner Frage: »Ja, natürlich, ich spüre ihn noch.« Gute Nacht, Leo.

Drei Minuten später
RE:
Halt, Leo! Ich bin (plötzlich) hellwach und muss dir leider mitteilen: So kannst du dich nicht in den Schlaf stehlen, auch nicht zu dieser Stunde, das lasse ich nicht zu, das entspricht nicht dem Reglement! »Ja, natürlich, ich spüre ihn noch«, ist

eine Null-Ansage, keine Antwort, nicht einmal eine ausweichende. Du hast mir keinen Hinweis dafür geliefert, dass du weißt, wer er ist, den du spüren solltest. Wahrscheinlich bluffst du nur, um deine Ruhe zu haben. Aber, tut mir leid, mein Lieber: Du bist mir noch eine wirkliche Antwort schuldig!

15 Minuten später
AW:
Ich habe ebenso kryptisch geantwortet, wie du gefragt hattest, liebe Emmi. Du hast »ihn« nicht beim Namen genannt, weil du mich auf die Probe stellen wolltest, ob ich denn noch wüsste, wer »er« sei. Ich habe »ihn« nicht beim Namen genannt, weil ich dich auf die Probe stellen wollte, ob du mir vertrauen würdest (hast du nicht!), dass ich wüsste, wovon ich spreche, woran ich denke und was ich spüre, wenn ich an dich denke. Zum Beispiel: »ihn«. Ja, immer noch. Manchmal stärker, manchmal schwächer. Manchmal muss ich ihn erst mit der Kuppe des Mittelfingers freilegen. Manchmal streichle ich ihn mit dem Daumen der anderen Hand. Meistens meldet er sich von selbst. Ich kann noch soviel Wasser darüber laufen lassen, er lässt sich nicht wegwaschen, er taucht immer wieder auf. Manchmal kitzelt er, dann schreibst du mir vermutlich gerade eine zynische E-Mail. Und manchmal tut er richtig weh, dann vermisse ich dich, Emmi, und wünschte, alles wäre anders gekommen. Aber ich will nicht undankbar sein. Ich habe »ihn«, deinen Berührungspunkt in der Mitte der Handinnenfläche. Darin sind alle Erinnerungen und Sehnsüchte verpackt. In diesem Punkt vereint sich die komplette Emmi-Vollausstattung mit allem nur erdenklichen Zubehör für den anspruchsvollen In-die-Weite-der-Wunschlandschaften-Starrer Leo Leike. Gute Nacht!

Sieben Minuten später
RE:
Danke, Leo. Das war schön! Ich wäre jetzt gerne bei dir!

Eine Minute später
AW:
Das bist du!

Am nächsten Tag
Betreff: **Meine Frage**
Hallo Emmi, wie bereits angekündigt, wiederhole ich meine Frage vom Vortag: »Gibst du eurer Ehe noch eine Chance?«

Zwei Stunden später
RE:
Spannend, spannend! Nach dem romantischen Nacht-Leo, der so, so, so einvernehmend von Berührungspunkten sprechen kann, nun also wieder der nüchterne Tagesleo, der Mailboxseelsorger, der um die Beziehungen seiner Vertrauten kämpft, als wäre er daran umsatzbeteiligt. Hmmmm. Ich schalte da einmal meine Frage dazwischen. Sie lautet: »In den ersten Mails nach dem Wiedereinstieg in meine Leo-Schreibbeziehung habe ich dir erzählt, dass ich mit Bernhard auch viel über dich, über uns beide geredet habe. Wieso fragst du mich nicht, was wir da geredet haben? Wieso willst du Bernhard ausschließlich isoliert von dir betrachten? Wieso begreifst du nicht, dass mein Verhältnis zu ihm mit meinem Verhältnis zu dir in Zusammenhang steht?« (Und behaupte jetzt bitte nicht, das wären drei Fragen gewesen. Es waren drei Fragezeichen, aber es war ein und dieselbe Frage!)

Drei Stunden später
AW:
Liebe Emmi, ich möchte nicht, dass du mit Bernhard über mich redest, zumindest will ich nichts davon wissen. Ich gehöre weder zu eurer Familie noch zu eurem Freundeskreis. Ich will einfach nicht wahrhaben, dass dein Verhältnis zu ihm mit deinem Verhältnis zu mir zusammenhängt. Ich will es einfach nicht! Ich wollte nie gegen ihn ankämpfen. Ich wollte ihn nie

verdrängen. Ich wollte mich nie in euer Eheleben hineinpressen. Ich wollte deinem Mann nichts von dir wegnehmen. Und ich ertrage umgekehrt auch nicht die Vorstellung, dass ich für dich nur die Ergänzung zu ihm war und bin. Für mich gab es von Anfang an nur entweder »entweder« oder »oder«. Das heißt: Als du selbst sagtest, dass du »glücklich verheiratet« wärest, gab es für mich eigentlich nur noch »oder«. Schönen Abend, Leo.

20 Minuten später
RE:
Ausnahmsweise eine Replik:
1.) Das sollen jetzt zwei Jahre »oder« gewesen sein? Dein »Oder« kann aber mächtig auf die Entweder-Seite ausschwingen, mein Lieber. Wenn du als »Oder« schon so »Entweder« sein kannst, wie »Entweder« wärest du dann wohl erst als »Entweder«?
2.) Du schreibst: »Ich wollte deinem Mann nichts von dir wegnehmen«. Siehst du, Leo, genau diesen stinkkonservativen Ansatz nehme ich dir so übel. Damit degradierst du mich. Ich bin keine Ware, die dem einen gehört und deshalb nicht in das Eigentum des anderen übergehen darf. Leo, ICH GEHÖRE MIR, und sonst gar niemandem. Du kannst mich niemandem »wegnehmen«, und kein Ehemann der Welt kann mich einfach so »behalten«. Ausschließlich ICH behalte mich und nehme mich weg. Manchmal gebe ich mich auch her. Und manchmal hin. Aber nur selten. Und nicht irgendwem.
3.) Du klebst noch immer an der Formulierung »glücklich verheiratet«. Hast du meine Entwicklung im letzten Jahr verschlafen? Habe ich sie nicht ausreichend kommentiert? Deute ich sie nicht immer wieder an?
4.) Womit ich zur Beantwortung deiner salbungsvollen, von streng katholischer Hoffnung getragenen Frage übergeleitet habe: »Gibst du eurer Ehe noch eine Chance?« Gebe ich unserer Ehe noch eine Chance? – Darauf hätte ich eine gute Ant-

wort, mein Lieber! Aber die hebe ich mir noch eine Weile auf. Heute will ich dazu nur festhalten: Oh sakra, Leo, die Institution Ehe ist mir ziemlich egal! Sie ist nur ein Gerüst, an dem sich die daran Beteiligten glauben festkrallen zu können, wenn sie den Halt verloren haben. Es zählen die Menschen. Bernhard ist mir wichtig. Bernhard und die Kinder. Darin sehe ich eine Aufgabe, ja, noch immer. Ob sie »Chancen für die Zukunft« birgt, wird sich weisen.
5.) Und morgen wünsche ich mir eine prickelndere Frage!!! Wir haben nur noch sechs Nächte, mein Lieber.
6.) Angenehmen Abend. Ich gehe ins Kino.

Am nächsten Abend
Betreff: **Okay, prickelnd**
Hallo Emmi, meine Frage: »Wie war es im Kino, was hast du dir angesehen?« Nein, Spaß! Meine wirkliche Frage: »Denkst du manchmal an Sex mit mir?«

Zehn Minuten später
RE:
Oh, danke, Leo! Das hast du mir zuliebe gefragt, stimmt's? Du weißt ja, wie ich auf solche Fragen abfahre. Dich selbst beschäftigen derlei Dinge leider nur in Kopfgesellschaft deiner roten Freunde aus Bordeaux. Aber Leo, es freut mich echt, dass du so tust, als wäre Sex auch im nüchternen Zustand kein Tabuthema zwischen uns. Darum hast du dir auch eine ehrliche Antwort verdient: »Nein, ich denke nicht MANCHMAL an Sex mit dir!« Gerne würde ich dir die Frage auch gleich zurückstellen, aber seltsamerweise funkt mir da deine demnächst eintreffende Synchronfreundin »Pam« dazwischen. Und in sexuellen Belangen halte ich es da ganz mit meinem wertkonservativen Schreibpartner Leo »Entweder-Oder« Leike. Küsschen. Emmi.

30 Minuten später
Betreff: Pamela
Seltsam. Du schreibst einmal »Sex«, vermutlich in Ringelsocken, und ich brauche gleich zwei Gläser Whiskey. Leider kann ich dir heute keine so betörende Frage anbieten. Meine lautet: »Was weiß Pamela über uns beide?« (Du siehst, ich habe »Pamela« geschrieben. Deshalb ersuche ich um eine seriöse Antwort.)

Eine Minute später
AW:
Nichts!

Zwei Minuten später
RE:
Echt nichts? Das ist unseriös wenig!

Zehn Minuten später
Kein Betreff
Lieber Leo, wir sind uns hoffentlich einig, dass »Nichts« noch nicht alles gewesen sein kann, ich meine: als Antwort. Meine Frage war ja dahingehend zu verstehen, dass ich wissen wollte, WARUM »Pam« genau so viel über uns weiß, wie sie über uns weiß, und würde sie nichts über uns wissen, WARUM in aller Welt nichts? Natürlich, weil du ihr nichts über uns erzählt hast. Aber WARUM? Das ist meine heutige Frage. (Nein, nicht meine morgige, meine heutige!) Und ich sage dir gleich: Wenn du sie nicht freiwillig hergibst, dann fliege ich zu dir auf Top 15 und hole sie mir, die Antwort. Ich brauche sie, ich muss es wissen, ich muss es morgen früh meiner Therapeutin erzählen!

Eine Minute später
AW:
Ich hab dich vor mir, Emmi! Wenn du in dieser Dringlichkeit

etwas (von mir) forderst, schiebt sich der Schleier vor deinen Augen zur Seite und die Pupillen verwandeln sich in grüngelbe Pfeile. Du könntest einen erstechen mit deinem Blick.

40 Sekunden später
RE:
Gut beobachtet! Und bevor ich mit gefletschten Zähnen zum Sprung auf deinen Hals ansetze, blinke ich noch dreimal mit den Wimpern. Eins. Zwei. Zwei und ein Viertel. Zwei und ein Halb (...) Leo, ich warte!

Zehn Minuten später
AW:
In Boston habe ich Pamela nichts von uns erzählt, weil ich unser »Uns« als abgeschlossen betrachtet habe. Und nach Boston habe ich ihr nichts von uns erzählt, weil ich ihr in Boston nichts von uns erzählt hatte. Ich konnte nicht in der Mitte beginnen. Solche irren Geschichten wie die unsere erzählt man von Anfang an oder gar nicht.

Eine Minute später
RE:
Du hättest es nachholen können.

40 Sekunden später
AW:
Ja, schon.

50 Sekunden später
RE:
Aber es hätte sich nicht ausgezahlt, weil du die »irre« Sache mit mir ohnehin so schnell wie möglich beenden (beziehungsweise gar nicht wieder beginnen) wolltest.

30 Sekunden später
AW:
Nein.

20 Sekunden später
RE:
Was nein?

30 Sekunden später
AW:
Deine Überlegung ist falsch.

40 Sekunden später
RE:
Dann verschaffe mir bitte eine richtigere!

Zwei Minuten später
Kein Betreff
Nein, Leo, nicht morgen!! (Achtung, ich setze zum Sprung an.)

Drei Minuten später
AW:
Ich habe ihr nichts von uns erzählt, weil sie es nicht verstanden hätte. Und hätte sie es verstanden, dann wäre es nicht die Wahrheit gewesen. Die Wahrheit über uns ist nämlich unverständlich. Ich verstehe sie im Grunde selbst nicht.

30 Sekunden später
RE:
Komm, Leo, du verstehst sie schon. Du verstehst sie sogar sehr gut. Du verstehst sie nur mindestens genauso gut für dich zu behalten. Du willst »Pam« nicht verunsichern.

40 Sekunden später
AW:
Vielleicht.

Eine Minute später
RE:
Das ist aber nicht gut, eine Beziehung mit einem Geheimnis über eine irre Geschichte mit einer anderen Frau zu beginnen, lieber Leo.

50 Sekunden später
AW:
Das Geheimnis ist abgeschlossen, liebe Emmi.

Zwei Minuten später
RE:
Ach ja, dein Gefühlsschrank. Emmi rein. Türe zu. Schlüssel bis zum Anschlag drehen. Innentemperatur auf minus zwanzig Grad stellen. Fertig. Und alle paar Monate einmal abtauen. Gute Nacht, ich gehe unter die Decke, mir ist kalt!

KAPITEL ZWÖLF

Am nächsten Abend
Betreff: **Meine Frage**
Liebe Emmi, stellen wir uns heute keine Fragen mehr? Ist das Spiel zu Ende? Bist du sauer? (Drei Fragezeichen, eine Frage, Quelle der Regelauslegung: Emmi Rothner.)

Zwei Stunden später
Betreff: **Meine Frage**
Leo, was ist die Wahrheit über uns?

15 Minuten später
AW:
Die Wahrheit über uns? Du hast eine Familie, die dir am Herzen liegt, einen Mann, der dich liebt, und eine Ehe, die noch zu retten ist. Und ich habe eine Beziehung, auf die sich aufbauen lässt. Jeder von uns beiden hat – Zukunft. Nur wir beide, gemeinsam, wir haben sie nicht. Das ist, realistisch betrachtet, die Wahrheit über uns, liebe Emmi.

Drei Minuten später
RE:
Ich verabscheue dich, wenn du realistisch betrachtest!
Im Übrigen war das soeben nicht die Wahrheit ÜBER uns, sondern die Wahrheit OHNE uns. Und du wirst es nicht glauben, Leo: Die kannte ich schon! Sie steckt seit zwei Jahren in jeder fünften deiner E-Mails. So, ich muss fort. Ich gehe mit Philip essen. Philip? Er ist Webdesigner, er ist jung, er ist Single, er ist witzig, er verehrt mich, und mir ist gerade danach, nicht unbedingt nach ihm, aber nach seiner Verehrung. Das ist die Wahrheit über mich und Philip. Falls du vorhast, mich morgen zu fragen, wie es mit Philip war, dann darf ich dir bereits heute verraten: sehr entspannt. Schönen Abend.

Sechs Stunden später
AW:
Hallo Emmi, es ist vier und ich kann nicht schlafen. Meine Frage für den angebrochenen Tag: Sehen wir uns noch?

Am Vormittag
Betreff: **Wozu?**
Lieber Leo, die Frage fällt dir relativ spät ein. Vor nicht einmal zwei Wochen warst du noch auf radikalem Anti-Treff-Kurs. Ich zitiere: »Ein Treffen, ohne dass sich einer von uns beiden etwas darunter vorstellen könnte, kann ich mir, offen gestanden, irgendwie nicht gut vorstellen.« Warum jetzt auf einmal? Du wirst dir nicht plötzlich doch noch »etwas« oder gar »etwas darunter« vorstellen können? Leo, wenn ich richtig gezählt habe, fehlen »uns« noch drei Tage auf »Pam«. Drei Tage für das Finden einer allfälligen anderen als der von dir festgehaltenen »realistischen« Wahrheit über uns. Eine Wahrheit, die deiner Freundin aus Boston, die nichts über uns weiß, wahrscheinlich nicht gut bekommen würde, weshalb sie auch nichts darüber erfahren dürfte. Uns blieben also zwei letzte Abende für ein Geheimtreffen. Leo, wozu? Ja, das ist meine heutige Frage, meine drittletzte sozusagen: WOZU?

20 Minuten später
AW:
Wir müssen uns nicht am Abend treffen, Emmi. Ich hatte eher an eine Nachmittagsstunde im Kaffeehaus gedacht.

30 Sekunden später
RE:
Ah so. Ja. Klar. Leo! Nett. Wozu?

40 Sekunden später
AW:
Damit ich dich noch einmal sehen kann.

30 Sekunden später
RE:
Was hättest du davon?

50 Sekunden später
AW:
Ein gutes Gefühl.

Sieben Minuten später
RE:
Das freut mich zwar, aber es wäre leider das gegenteilige Gefühl von meinem. Dich zu sehen: okay. Dich »noch einmal« zu sehen, noch ein letztes Mal: scheiße! Leo, seit eineinhalb Jahren sehen wir uns »vielleicht noch ein letztes Mal«. Seit eineinhalb Jahren verabschieden wir uns voneinander. Wir scheinen uns eigens dafür kennengelernt zu haben, uns voneinander zu verabschieden. Leo, ich will nicht mehr. Ich bin verabschiedungsübersättigt, verabschiedungsüberdrüssig, verabschiedungsgeschädigt. Bitte, sei einfach weg. Schick mir deinen Systemmanager, auf den ist wenigstens Verlass, der meldet sich konsequent nach zehn Sekunden zurück, um mich auf seine spröde Art zu begrüßen. Aber du hör auf, dich ständig von mir zu verabschieden. Und gib mir nicht auch noch das beschämende Gefühl, du könntest dir gar nichts Schöneres vorstellen, als mich »noch ein letztes Mal« zu sehen.

Neun Minuten später
AW:
Ich habe nicht gesagt: »Noch ein letztes Mal sehen«. Ich habe gesagt: »Noch einmal sehen.« Und selbst das klingt per E-Mail dramatischer als es ist. Von Angesicht zu Angesicht würdest du das Gefühl nicht als beschämend empfinden. Du kannst mir doch ohnehin nicht verlorengehen. Ich habe so viel von dir in mir. Ich habe das immer als Bereicherung empfunden. Jeder Emmi-Sinneseindruck ist eine Gutschrift. Abschied von dir

hieße für mich: nicht mehr an dich zu denken, nichts mehr dabei zu fühlen. Glaube mir, ich bin meilenweit davon entfernt, mich von dir zu verabschieden.

Fünf Minuten später
RE:
Leo, das sind ja perfekte Landebedingungen für die Frau, mit der du dir deine Zukunft vorstellen kannst. Arme Pamela! Zum Glück weiß sie nichts von deinen Emmi-Sinneseindrücken. Rücke nur ja nie den Schlüssel zu deinem Gefühlsschrank heraus, mein Lieber. Du würdest sie sehr damit verletzen.

Zwölf Minuten später
AW:
Fühlen ist niemals Betrug, liebe Emmi. Erst wenn man Gefühle auslebt und jemand anderen darunter leiden lässt, hat man etwas Falsches gemacht. Und noch etwas: Du musst Pamela wirklich nicht bedauern. Meine Gefühle zu dir nehmen jenen zu ihr nichts weg. Sie haben nichts miteinander zu tun. Sie treten nicht in Konkurrenz zueinander. Du bist ein ganz anderer Mensch als sie. Ich habe ein ganz anderes Verhältnis zu dir als zu ihr. Ich habe nicht ein starres Kontingent an Gefühlen in mir, das ich auf unterschiedliche Menschen, die mir auf unterschiedliche Weise etwas bedeuten, aufteilen muss. Jeder mir wichtige Mensch steht für sich und nimmt seinen eigenen Platz in mir ein. Das kann doch bei dir nicht anders sein.

15 Minuten später
Betreff: **Betrug**
Lieber Leo,
1.) Du musst nicht »Mensch«, du kannst ruhig »Frau« sagen, ich weiß schon, wovon du sprichst.
2.) Was heißt »Gefühle ausleben«? Gefühle lebt man aus, indem man sie fühlt. Wenn etwas Betrug ist, dann jemandem

im Gefühlsaustausch ausgelebte (gefühlte) Gefühle zu jemand anderem zu verheimlichen. Tröste dich, Leo. Ich weiß das auch erst seit meiner Therapie. Ich habe Bernhard mit dir betrogen, nicht in jener Nacht, sondern in den dreihundert Nächten davor. Aber diese Zeiten sind vorbei. Er weiß mittlerweile alles über dich und mich. Ja, er kennt meine »Wahrheit über uns«. Es ist vielleicht nur die halbe Wahrheit, aber meine. Und ich geniere mich nicht dafür.
3.) Ich könnte dich natürlich beglückwünschen und dich dafür bewundern, wie groß dein Herz sein mag, dass da gleich mehrere Gefühlsschränke für mehrere Frauen Platz haben. Leider bin ich bereits 35, habe schon einiges erfahren und wage zu behaupten: Die Sache ist simpler. Du, ja auch du, hast gern mehrere Frauen in deinem Herzen. Oder, noch besser: Möglichst viele (interessante) Frauen sollen dich in ihren Herzen tragen. Jede ist selbstverständlich gaaaaaaaanz anders als die andere. Jede ist »etwas ganz Besonderes«. Jede steht für sich. Kein Kunststück, Leo, denn DU bist es, der jede alleine für sich stehen lässt. Denkst du an eine, vergisst du die anderen. Sperrst du einen Gefühlsschrank auf, sind die anderen fest verriegelt.
4.) Ich bin anders. Ich fühle nicht parallel. Ich fühle linear. Und ich liebe linear. Einen nach dem anderen. Aber eben immer nur einen. Derzeit gerade – äh. Sagen wir Philip. Der riecht so gut nach Abercrombie & Fitch.
5.) So, und jetzt drehe ich den Computer ab und morgen früh erst wieder auf. Angenehmen drittletzten Nachmittag, drittletzten Abend, drittletzte Nacht, mein Lieber. Hoffentlich schläfst du heute besser. Emmi.

Fünf Stunden später
Betreff: **Erschütternde Bilanz**
Liebe Emmi,
a.) Ich bin langweilig, wenn ich nüchtern bin.
b.) Ich bin humorlos, auch wenn ich etwas getrunken habe.

c.) Ich trainiere seit zwei Jahren, ausweichend zu antworten.
d.) Wenn ich fühle, betrüge ich (konkret: dich mit Pamela, Pamela mit dir, und euch beide mit mir).
e.) In jeder fünften E-Mail erinnere ich dich unterschwellig daran, dass du und ich jeweils »vergeben« sind und deshalb keine gemeinsame Zukunft haben.
f.) Seit zwei Jahren verabschiede ich mich von dir.
g.) Meine physische Anziehungskraft ist endenwollend. Du hast absolut kein Bedürfnis, mich noch einmal zu sehen.
h.) Mein Lebensmotto ist verwerflich: »Möglichst viele (interessante) Frauen sollen mich in ihren Herzen tragen.« (Darf ich dir etwas verraten, Emmi? Ich nehme auch die uninteressanten. Hauptsache möglichst viele.)
i.) Ich bin ein Mann.
j.) Aber ich rieche nicht einmal nach Evercromby & Dingsda Fitsch.
k.) Daran anschließend meine vorletzte Frage: WARUM SCHREIBST DU MIR NOCH IMMER?

Am nächsten Morgen
RE:
Weil ich deine vorletzte Frage beantworten muss. Weil das Spiel so geht. Weil ich nicht knapp vor dem Ende aufgebe. Weil ich nie aufgebe. Weil ich nicht verlieren kann. Weil ich nicht verlieren will. Weil ich dich nicht verlieren will.

Fünf Minuten später
Betreff: **Außerdem**
Außerdem schreibst du süße E-Mails. Manchmal.
Und du bist selten zeitgleich humorlos und langweilig.

Drei Minuten später
Betreff: **Übrigens**
Okay. Du warst mir noch nie langweilig! (Außer du beschreibst deine Gemeinsamkeiten mit »Pam«.) Und, Leo, Aus-

sehen ist ja nicht alles. – Einer deiner Leitsprüche von früher. Erinnerst du dich?

Sieben Minuten später
Betreff: Einverstanden
Jaaaa. Jaaaa. Jaaaa. Du siehst gut aus! Wir wissen es, alle wissen es! Eitelkeit befriedigt?

Eine Stunde später
Kein Betreff
Okay, Leo, lass es nur schön auf dich einwirken.

Zwei Stunden später
Betreff: Meine vorletzte Frage
Vielleicht wartest du einfach nur auf meine vorletzte Frage. Hier ist sie: Hören wir übermorgen eigentlich auf oder schreiben wir uns weiter, ich meine, gelegentlich, wenn einem von uns danach ist? Wir können uns ja trotzdem voneinander verabschieden, damit das Ganze offiziell ist, auch wegen »Pam«, damit da klare Verhältnisse sind. Ach ja, du bist natürlich »meilenweit davon entfernt«, dich von mir zu verabschieden, du legst die Gefühle einfach auf Eis. Egal. Schreiben wir uns noch? Oder willst du von nun an, quasi von »Pam« an, nicht mehr gestört werden? Sag es mir, dann schaue ich einfach nicht mehr ins private Postfach. Oder ich melde mich im Internet ab, nein, das wird nicht gehen, ich habe sieben neue Homepage-Kunden, die mögen meine Arbeit ganz gerne online. Egal. Schreiben wir uns noch, Leo? Geht das für dich trotz »Pam«? Es kann ruhig irgendwann sein. Aber tun wir es?

Zehn Minuten später
AW:
Liebe Emmi, ja, wir tun es. Unter der Bedingung, die du gleich in der dritten Zeile genannt hast: »Wenn einem von uns danach ist«. Ich will ehrlich sein, Emmi: Ich kann nicht einschät-

zen, ob mir danach sein wird, wann mir danach sein wird, wie oft mir danach sein wird. Und wenn mir danach ist, wie gut es ist, dass ich es auch tue. Bitte warte nie auf eine E-Mail von mir! Kommt sie, dann war mir danach. Kommt sie nicht, dann wäre mir vielleicht danach gewesen, aber dann habe ich es doch besser nicht getan. Das Gleiche gilt umgekehrt. Wir dürfen uns nie mehr wahnsinnig damit machen, Post vom anderen zu erhoffen oder einer Antwort entgegenzufiebern. Wenn dir danach ist, dann schreibe mir, Emmi. Wenn mir danach ist, dann schreibe ich zurück.

Drei Minuten später
RE:
Das war keine süße E-Mail, Leo! Aber ich habe dich verstanden. Und ich werde mich danach richten. Tschüss, für heute reicht's. Jetzt ist mir danach zu schweigen. Morgen ist auch noch ein Tag. Wenn auch in gewisser Weise der letzte.

Am nächsten Morgen
Betreff: **Letzte Frage**
Liebe Emmi: Wie hätte ich mich damals verhalten sollen, was hätte ich machen sollen, was wäre besser gewesen? – Damals, als mich dein Mann anflehte, aus deinem Leben zu verschwinden, eure Ehe nicht kaputt zu machen, eure Familie zu »retten«. War »Boston« nicht die einzige sinnvolle Lösung? Wie hätte ich anders, wie hätte ich richtiger entscheiden können? Die Frage quält mich seit eineinhalb Jahren. Bitte sag es mir!

Eine Stunde später
Betreff: **Letzte Antwort**
DU allein hättest vielleicht nicht besser entscheiden können. Aber du hättest eben nicht alleine entscheiden dürfen. Du hättest MICH mitentscheiden lassen müssen. Du hättest mich in die Sache mit Bernhard einweihen müssen, wenn er selbst

schon zu feige dazu war. Nicht an DIR lag es damals, meine Ehe zu »retten« oder zu beenden. Das lag an mir und meinem Mann! Dein Pakt mit ihm und deine geheimnisumwitterte Flucht nach Boston haben mir die Chance genommen, die richtigen Schritte zum richtigen Zeitpunkt zu setzen. Und, ja, du hättest um mich kämpfen müssen, Leo. Nicht wie ein Held, nicht wie ein Kerl, nicht wie ein »ganzer Mann«, nur wie jemand, der seinen Gefühlen vertraut. Ich weiß, ich weiß: Wir haben uns nicht gekannt, wir hatten uns ja noch nicht einmal gesehen. Na und? Ich behaupte, dass wir damals schon viel weiter waren. Wir haben zwar nicht in herkömmlicher Weise miteinander gelebt, aber wir haben mit dem jeweils anderen mitgelebt, das zählt mehr. Wir wären bereit gewesen, uns blind zu küssen, so sicher waren wir uns unserer Zuneigung. So eng war unsere Bindung. Aber du, du hast dich nicht dazu bekannt. Du hast mich aus falsch verstandenem Edelmut aufgegeben. Kampflos. DAS hättest du anders machen müssen. DAS hättest du besser machen können, lieber Leo!

Zehn Minuten später
AW:
Ich wollte das Beste für dich. Ich bin leider nicht auf die Idee gekommen, dass ich selbst es sein könnte. Leider. Pech. Versäumt. Tut mir leid. Tut mir so leid!

Fünf Minuten später
Betreff: **Meine letzte Frage**
Kommst du zu mir, Leo?

15 Minuten später
Kein Betreff
Du darfst ruhig antworten.

Fünf Minuten später
AW:
Wie hast du vor zwei Tagen in einer ähnlichen Situation so schön mit Blockbuchstaben geantwortet: WOZU?

Eine Minute später
RE:
Das ist keine Antwort. Das ist eine Frage! Du hast aber leider kein Fragerecht mehr, mein Lieber. Alle Fragen aufgebraucht, zum Teil für Nichtigkeiten verschwendet. Jetzt müsstest du es riskieren. Kommst du zu mir? Präziser: Kommst du heute zu mir? Ja oder nein.

20 Minuten später
Kein Betreff
Du hältst dich wacker, lieber Leo. Kein Ja. Kein Nein. Dabei wäre das hier wirklich DEINE Entscheidung. Du kannst es dir aussuchen, musst dabei keine Sekunde an mich denken.

Drei Minuten später
AW:
Doch, klar denke ich an dich. An dich und deine Worte vom Donnerstag: »Dich zu sehen: okay. Dich noch einmal zu sehen, noch ein letztes Mal: scheiße!« Das klang irgendwie eher nach dem Gegenteil von deinem heutigen Ansinnen. Wieso willst du nun plötzlich doch? Wieso soll ich zu dir kommen? Wenn du mir keine Antwort darauf gibst, dann gebe ich sie mir selber.

Eine Minute später
RE:
Leo, du denkst falsch! Okay, wenn du dich entschieden hast, verrate ich es dir. Also, kommst du zu mir, Feldgasse 14, dritter Stock, Tür 17? Ja oder nein.

Acht Minuten später
AW:
Ja.

50 Sekunden später
RE:
Ehrlich? Bist du sicher?

40 Sekunden später
AW:
Das waren zwar zwei unerlaubte Fragen! Aber ich antworte trotzdem: Nein, Emmi, ich bin nicht sicher. Ich bin absolut nicht sicher. Ich war selten zuvor so unsicher. Aber ich riskiere es.

Zwei Minuten später
RE:
Danke, Leo! Jetzt kannst du sämtliche deiner Schreckensszenarien oder sonstigen Visionen wieder vergessen. Das Treffen wird kurz sein. Sagen wir: zehn Minuten. Ich würde gern einen Whiskey mit dir trinken. Einen, nur einen! (Du kannst stattdessen auch ein Glas Rotwein haben.) Und dann – das ist der Grund meiner Einladung –, dann will ich dir etwas geben. Die Übergabe wird nicht länger als fünf Sekunden dauern. Danach bist du entlassen, mein Lieber.

Eine Minute später
AW:
Was willst du mir geben?

Zwei Minuten später
RE:
Etwas Persönliches. Ein Erinnerungsstück. Ich verspreche dir: kein Pathos, keine Szene, keine Träne. Nur ein Schluck Whiskey, eine kleine Übergabe. Und: tschüss. Es wird nicht wehtun.

Ich meine, vergleichsweise und in Anbetracht der Situation. Also komm!

40 Sekunden später
AW:
Wann?

30 Sekunden später
RE:
Um acht?

40 Sekunden später
AW:
Um acht. Gut, um acht.

30 Sekunden später
RE:
Also dann. Bis acht!

40 Sekunden später
AW:
Bis acht!

KAPITEL DREIZEHN

Zwei Wochen später
Betreff: Lebenszeichen
Hallo Emmi, wie geht es dir? (Dass man da nicht einmal eine andere Formulierung verwenden kann. Aber welche?) Mir würde es verdammt guttun zu wissen, dass es dir halbwegs gut geht. Ich denke oft an dich. Immer wenn (...), ich glaube, du weißt, was ich meine. Danke dafür! Leo.

Drei Tage später
RE:
Hallo Leo, nett von dir zu hören. War dir danach? War dir denn wirklich danach? Oder war das nur die übliche Schweigebrechens-, Trennungsmitleids-, Gewissenberuhigungs-, Distanzüberwindungs-Floskel? Ja, Leo, es geht mir halbwegs gut. (Warum gehst du eigentlich davon aus, dass es mir höchstens »halbwegs« gut gehen kann?) Jedenfalls geht es mir tatsächlich nicht gut genug, dich im Gegenzug zu fragen, wie es dir geht. Ich will's nicht hören. Mir würde es nämlich gar nicht so verdammt guttun, wüsste ich, dass es dir doppelt so gut wie »halbwegs gut« ginge. Und davon gehe ich aus. Gruß aus der Ferne. Emmi.

Eine Woche später
Betreff: Jetzt
Liebe Emmi, ja, doch, mir war gerade ziemlich danach! Gute Nacht. Leo.

Einen Tag später
RE:
Freut mich! Nacht. Emmi.

Zwei Wochen später
Betreff: So ein Zufall aber auch schon
Hi Leo. Kann es sein, dass »Pam« so eine große blonde schlanke langbeinige Hübsche ist, so ein Typ wie deine Schwester

Adrienne? Etwa in meinem Alter? Vielleicht zwei, drei Jahre jünger? Mein Steuerberater hat nämlich bei dir um die Ecke sein Büro. (Nein, Leo, er ist nicht deshalb mein Steuerberater!) Und wie ich bei deinem Haustor vorbeigehe, schießt so eine dieser langen, ich meine eine dieser eher groß gewachsenen, gutaussehenden, blass geschminkten Frauen heraus, wie sie im Versandhauskatalog oft die Winterkollektion präsentieren. Die war durch und durch nordamerikanisch, der lange Hals, die hellbraunen Schuhe, die eckige Handtasche, das Tornado-geeichte kantige Kinn und ihre Kieferbewegungen, die Art und Weise, wie sie Kaugummi gekaut hat. So lernt man es garantiert in Boston. Das muss »Pam« gewesen sein. Na ich war vielleicht überrascht! Was sagst du, ist die Welt nicht klein? LG, Emmi.

Drei Tage später
Betreff: **Sauer?**
Bist du sauer, Leo? Zu deiner Beruhigung: Den nächsten Termin beim Steuerberater habe ich erst in sechs Monaten.

Eine Stunde später
AW:
Liebe Emmi, ich habe dir natürlich nichts vorzuschreiben. Aber ich würde dich bitten, deine auf Zufall und Steuerberatung aufgebauten Erkundungstrips in meiner Wohngegend zu unterlassen. Was soll das bringen? Liebe Grüße, Leo.
PS: Pamela kaut niemals Kaugummi, weder nordamerikanisch noch südamerikanisch noch sonstwie.

Drei Stunden später
RE:
Dann hatte sie eben gerade einen Bissen Cheeseburger im Mund. Leo, sei ein bisschen cooler. Du verstehst überhaupt keinen Spaß! Was ist denn schon dabei, wenn ich »Pam« erkenne? Oder kenne? Vielleicht mögen wir uns, werden eines

Tages dicke Freundinnen, machen gemeinsame Urlaube, vergleichen unsere Tagebuchaufzeichnungen über Leo Leike. Und dann gründen wir eine Dreier-WG. Oder eine Fünfer-WG, und ich passe am Abend auf die beiden Kinder auf. (...) Okay, ich höre schon auf. Ich glaube, du findest das nicht besonders lustig. Ich eigentlich auch nicht, je mehr ich darüber nachdenke. Angenehme, ungestörte Feiertage mit ausgiebigen Terrassenaufenthalten auf Top 15, wünscht euch Emmi. Ich verreise!

Eine Woche später
Betreff: **Die siebente Welle**
Hallo Leo. Ich sitze auf meinem Balkon in Playa de Alojera auf La Gomera und blicke über die Steinbucht mit ihren dunklen Sandflecken und schäumend weißen Salzzungen tief hinein ins Meer und weiter, bis hin zu der waagrechten Linie, die hellblau von dunkelblau, Himmel von Wasser trennt. Weißt du, wie schön es hier ist? Da müsst ihr unbedingt einmal herfliegen. Dieser Ort hier ist wie geschaffen für Frischverliebte.
Warum ich dir schreibe? Weil mir danach ist. Und weil ich nicht wortlos auf die siebente Welle warten will. Ja, hier erzählt man sich die Geschichte von der unbeugsamen siebenten Welle. Die ersten sechs sind berechenbar und ausgewogen. Sie bedingen einander, bauen aufeinander auf, bringen keine Überraschungen. Sie halten die Kontinuität. Sechs Anläufe, so unterschiedlich sie aus der Ferne betrachtet auch wirken, sechs Anläufe – und immer das gleiche Ziel.
Aber Achtung vor der siebenten Welle! Sie ist unberechenbar. Lange Zeit ist sie unauffällig, spielt im monotonen Ablauf mit, passt sich an ihre Vorgängerinnen an. Aber manchmal bricht sie aus. Immer nur sie, immer nur die siebente Welle. Denn sie ist unbekümmert, arglos, rebellisch, wischt über alles hinweg, formt alles neu. Für sie gibt es kein Vorher, nur ein Jetzt. Und danach ist alles anders. Ob besser oder schlechter? Das können nur jene beurteilen, die von ihr erfasst worden sind, die

den Mut gehabt haben, sich ihr zu stellen, sich in ihren Bann ziehen zu lassen.
Nun sitze ich seit gut einer Stunde hier, zähle die Wellen ab und beobachte, was jeweils die siebenten treiben. Noch ist keine von ihnen ausgebrochen. Aber ich bin im Urlaub, ich bin geduldig, ich kann warten. Ich gebe die Hoffnung nicht auf! Hier über der Westküste bläst starker warmer Südwind. Emmi.

Fünf Tage später
Betreff: **Zurück?**
Hallo Emmi, ich danke dir für deine Meeres-E-Mail. Und? Ist sie ausgebrochen, die siebente Welle? Hast du dich von ihr erfassen lassen? Alles Liebe, Leo.

Drei Tage später
Betreff: **Alle sieben Wellen**
Mir kam deine Geschichte irgendwie bekannt vor und so habe ich über die siebente Welle nachgelesen, liebe Emmi. Der ehemalige Strafgefangene Henri Carrière hat sie in seinem biographischen Roman »Papillon« beschrieben. Nachdem er auf der Teufelsinsel vor der Küste Französisch-Guayanas gestrandet war, beobachtete er wochenlang das Meer und bemerkte, dass jede siebente Welle höher war als die anderen. Von so einer siebenten – er taufte sie »Lisette« – ließ er sein Kokosnussfloß schließlich auf die See hinaustreiben, was seine Rettung bedeutete.
Aber eigentlich wollte ich dir nur sagen, dass du mir fehlst, Emmi.

Einen Tag später
Kein Betreff
Und eigentlich müsstest du längst wieder zurück sein. Oder?

Sechs Tage später
Betreff: **Windstille**
Liebe Emmi, ich will nur wissen, ob mit dir alles in Ordnung ist. Du musst mir nicht schreiben, wenn dir nicht danach ist. Schreib mir bitte nur, dass dir nicht danach ist, mir zu schreiben, falls dir nicht danach ist. Und falls dir zufällig doch danach ist, so schreibe mir! Das würde mich freuen, sehr sogar! Hier bei mir gibt es keine Wellen, nicht die ersten sechs. Und schon gar nicht die siebente. Das Meer ist ruhig. Sein Spiegel glänzt, die Sonne blendet. Ich warte auf nichts. Alles ist da, alles nimmt seinen Lauf. Keine Veränderung in Sicht. Windstille. Emmi, wenigstens ein paar Worte von dir. Bitte! Leo.

Drei Stunden später
RE:
Alles in Ordnung, Leo! In ein paar Tagen schreibe ich dir mehr dazu. Ich habe mir einiges vorgenommen. Emmi.

Acht Tage später
Betreff: **Neubeginn**
Lieber Leo, Bernhard und ich probieren es noch einmal miteinander. Wir hatten einen schönen, ja harmonischen gemeinsamen Urlaub. Einen wie früher, so ähnlich, nein, eigentlich ganz anders, aber egal. Wir wissen, was wir einander bedeuten. Wir wissen, was wir aneinander haben. Wir wissen, dass es nicht alles ist. Wir wissen jetzt aber auch, dass es nicht alles zu sein braucht. Alles kann einem ein einziger Mensch offenbar nicht geben. Man kann natürlich sein Leben danach ausrichten, darauf zu warten, dass so ein Mensch kommt, der einem alles gibt. Da hat man dann diese wunderbare, betörende, aufwühlende, Herzklopfen verursachende Alles-Illusion, die es einem erträglich macht, in chronischen Mangelerscheinungen dahinzuleben, bis man sie aufgebraucht hat, die Illusion. Dann spürt man nur noch den Mangel. Dieses Gefühl kenne ich nun zur Genüge. Das ist nichts mehr für mich. Ich

strebe nicht mehr nach dem Idealen. Ich will aus etwas Gutem das Beste machen, das genügt mir für mein Glück.
Ich werde wieder nach Hause zu Bernhard ziehen. Im nächsten Jahr wird er viel unterwegs sein, auf großen Konzerttourneen. Er ist international sehr gefragt. Da brauchen mich die Kinder. (Oder brauche ich die Kinder? Sind es denn noch Kinder? Ganz egal.) Meine kleine Wohnung behalte ich mir als Rückzugsgebiet für mein »Ich alleine«.
Was uns beide betrifft, Leo? Ich habe viel darüber nachgedacht. Ich habe auch mit Bernhard darüber gesprochen, ob es dir recht ist oder nicht. Er weiß, wie wichtig du für mich bist. Er weiß, dass wir uns mittlerweile ein paar Mal kurz getroffen haben. Er weiß, dass du mir gefällst, ja, auch so, so ganz normal, physisch, unvirtuell, so mit Händen und Füßen. Er weiß, dass ich mir alles Mögliche mit dir vorstellen hätte können. Und er weiß, dass ich mir alles Mögliche mit dir vorgestellt habe. Er weiß auch, wie sehr ich noch immer an deinen Worten hänge und wie groß mein Bedürfnis ist, dir zu schreiben. Ja, er weiß, dass wir uns noch immer schreiben. Er weiß nur nicht, WAS wir uns schreiben. Ich werde es ihm nicht verraten, denn das geht nur uns beide und sonst keinen etwas an. Aber ich will, dass es ihm zumutbar wäre, wüsste er, was wir uns mitteilen, worüber wir uns austauschen. Ich will ihn nicht mehr betrügen mit meinen unerfüllten Sehnsüchten, mit meinen Alles-Illusionen. Leo, ich will mein Inseldasein mit dir beenden. Ich will, was du, wenn du ehrlich zu dir bist, immer schon wolltest: Ich will – jetzt bin ich neugierig, ob ich es schaffe, das herauszubringen – ich will, ich will, ich will, (...) dass wir Freunde bleiben. (Geschafft!) Schreibfreunde. Verstehst du mich? Kein Herzklopfen mehr. Kein Bauchweh mehr. Kein Bangen. Kein Zittern. Kein Hoffen. Kein Wünschen. Kein Warten. Einfach E-Mails von meinem Freund Leo. Und wenn ich sie nicht kriege, dann geht davon die Welt nicht unter. Das will ich! Keine wöchentlichen Weltuntergänge mehr. Verstehst du? Alles Liebe, Emmi.

Zehn Minuten später
AW:
Hat dich also doch die siebente Welle erfasst!

Vier Minuten später
RE:
Nein, Leo, im Gegenteil. Sie ist ausgeblieben. Eine Woche habe ich auf sie gewartet. Sie ist nicht gekommen. Und soll ich dir sagen, warum? Weil es sie gar nicht gibt. Sie war nur eine »Alles-Illusion«. Ich glaube nicht an sie. Ich brauche keine Wellen, nicht die ersten sechs, und schon gar nicht die siebente. Ich halte es lieber mit Leo Leike: »Das Meer ist ruhig. Sein Spiegel glänzt, die Sonne blendet. Ich warte auf nichts. Alles ist da, alles nimmt seinen Lauf. Keine Veränderung in Sicht. Windstille.« So lässt es sich leben. So lässt es sich zumindest besser schlafen.

Drei Minuten später
AW:
Erwarte dir nicht zu viel davon, Emmi. Für den leichten Seegang muss man der richtige Typ sein. Die einen erleben Windstille als innere Ruhe, die anderen als ewige Flaute.

Zwei Minuten später
RE:
Du schreibst gerade so, als wärest du der Flauten-Typ, mein Guter.

Eine Minute später
AW:
Ich habe dabei eher an dich gedacht, meine Gute.

Zwei Minuten später
RE:
Das ist lieb, Leo. Aber vielleicht solltest du insgesamt eher

mehr an dich denken. An dich und (»…«). Apropos: Seit zehn Wochen führst du ein völlig neues Leben, ein Leben zu zweit. Du hast mir noch kein Wort davon erzählt. Kein Wort von eurer Beziehung! EINE GUTE SCHREIBFREUNDIN ERWARTET SICH DAS ABER! Schönen Abend. Emmi.

Fünf Minuten später
AW:
Du verlangst viel von mir, Emmi. Dir ist vermutlich gar nicht bewusst, WIE VIEL DU VON MIR VERLANGST! Leo.

Vier Tage später
RE:
Offenbar zu viel!

Drei Tage später
Betreff: **Komm, Leo!**
Komm, Leo! Reiß dich zusammen, gib dir einen Ruck. Erzähle mir von dir und Pamela. Bitte, bitte, bitte! Wie ist es mit ihr? Wie ist das Zusammenleben? Hat sie sich schon eingewöhnt? Fühlt sie sich wohl auf Top 15? Frühstückt sie Müsli oder fette Thunfischbrote? Schläft sie rechts oder links, auf dem Bauch oder auf dem Rücken? Wie geht es ihr im Job? Was erzählt sie von ihren Arbeitskollegen? Was unternehmt ihr an den Wochenenden? Wie verbringt ihr die Abende? Trägt Sie Tangas oder Bostoner Großmutter-Unterwäsche? Wie oft habt ihr Sex? Wer fängt meistens an? Wer hört früher auf und warum? Was ist ihr Handicap? (Ich meine beim Golfspielen.) Was treibt ihr sonst? Isst sie gerne Schnitzel und Apfelstrudel? Was sind ihre Hobbys? Stabhochsprung? Was trägt sie sonst noch für Schuhe? (Außer die hellbraunen aus Boston.) Wie lange fönt sie an ihren blonden Haaren? In welcher Sprache unterhaltet ihr euch? Schreibt sie dir E-Mails auf Englisch oder Deutsch? Bist du sehr verliebt in sie?

Einen Tag später
AW:
Zum Frühstück trinkt sie Alt-Bostoner Milchkaffee mit viel Wasser und Milch und Zucker, aber ohne Kaffee. Und sie isst Wachauer Marillenmarmelade auf Brot ohne Butter. Sie schläft auf ihrer rechten Wange und träumt zum Glück noch nicht vom Job. Aber das interessiert dich ja alles nur eher notdürftig. Stimmt's? Kommen wir also gleich zum Höhepunkt: Wie oft wir Sex haben? Andauernd, Emmi, ich sage dir, pfffffffff, andauernd! Meistens fangen wir in der Früh (gleichzeitig) an und hören einfach nicht mehr auf, zum Beispiel seit einer Woche. Gar nicht einfach, daneben noch platonische E-Mails an Emmi zu verfassen. Die Frage nach der Unterwäsche erübrigt sich also. Und in den raren Sexpausen fönt sie ihre bis du den Kniekehlen wallenden blonden Haare. Schönen Nachmittag, Schreibfreundin! Leo.

Acht Minuten später
RE:
Die Antwort war irgendwie gut, Leo. Die hat Pfiff gehabt! Na also, du kannst es ja noch! Ebenfalls schönen Nachmittag, wünscht Emmi. Ich gehe jetzt Hosen kaufen. Leider mit Jonas. Leider für Jonas! Es ist schon unfair mit der Mode: Die, die neue Hosen brauchen, wollen keine (Jonas). Die, die neue Hosen wollen, brauchen keine. (Ich.)
PS: Ob ihr eure E-Mails in Englisch oder Deutsch verfasst, weiß ich allerdings noch immer nicht.

Fünf Stunden später
AW:
Weder noch.

Am nächsten Tag
RE:
Russisch?

Zehn Stunden später
AW:
Wir schreiben uns keine E-Mails. Wir telefonieren.

Drei Minuten später
RE:
Oh!!!

Fünf Tage später
Betreff: **Hallo Leo!**
Eine reine Schreibfreundschaft ohne prickelnde Zwischentöne ist dir zu langweilig, stimmt's?

Zwei Tage später
Betreff: **Hallo Emmi!**
Nein, da irrst du, liebe Emmi. Seit ich weiß, dass deine Welt nicht untergeht, wenn ich dir nicht schreibe, bin ich nicht mehr so oft online. Das ist der Grund für die längeren Intervalle. Ich bitte um Verständnis und jeweils etwas Geduld.

Drei Minuten später
RE:
Du hast mir also zwei Jahre lang nur geschrieben, damit meine Welt nicht untergeht?

Acht Minuten später
AW:
Mich wundert, dass ich es wieder eine volle Woche ohne deine atemberaubenden Umkehrschlüsse ausgehalten habe, meine Liebe!
Ich habe übrigens eine Gegenfrage zu deiner ersten Frage. Sie lautet: Die Windstille ist dir ein bisschen langweilig geworden, stimmt's?

Vier Minuten später
RE:
Nein, da irrst du, lieber Leo. Da irrst du gewaltig! Ich bin völlig entspannt und genieße die Ruhe, den inneren Frieden und Fettucine mit Flusskrebsen in Mandeloberssauce. Ich habe bereits acht Kilo zugenommen. (Oder zumindest 0,8.) Also: Bist du sehr verliebt in sie?

Eine Minute später
AW:
Warum beschäftigt dich das so sehr, Schreibfreundin?

50 Sekunden später
RE:
Es beschäftigt mich nicht, es interessiert mich nur. Man wird an den gewichtigen emotionellen Grundbefindlichkeiten seines Schreibfreundes ja wohl noch interessiert sein dürfen, oder?

40 Sekunden später
AW:
Und wenn ich sage: »Ja, ich bin sehr verliebt in sie!«?

30 Sekunden später:
RE:
Dann sage ich: »Freut mich für dich! Für dich und für sie!«

40 Sekunden später
AW:
Die Freude würde aber nicht echt klingen.

50 Sekunden später
RE:
Über die Echtheit des Klanges meiner Freuden musst du dir wirklich keine Gedanken machen, mein Lieber! Also: Bist du sehr verliebt in sie?

Zwei Minuten später
AW:
Das sind Emmi'sche Verhörmethoden, meine Liebe! So kriegst du keine Antwort von mir.
Aber wir können gerne irgendwann wieder einmal auf einen Kaffee gehen und über die Dinge plaudern, die uns trotz Windstille bewegen.

Eine Minute später
RE:
Du willst mich treffen?

Drei Minuten später
AW:
Ja. Warum nicht? Wir sind Freunde.

Zwei Minuten später
RE:
Und was erzählst du »Pam«?

50 Sekunden später
AW:
Gar nichts.

30 Sekunden später
RE:
Warum nicht?

50 Sekunden später
AW:
Weil sie nichts von uns weiß, wie du weißt.

Eine Minute später
RE:
Das weiß ich zwar. Aber was gibt es da mittlerweile nicht zu

wissen? Was darf sie nicht wissen? Dass wir Schreibfreunde sind?

Zwei Minuten später
AW:
Dass es eine Frau gibt, der ich solche Fragen beantworte.

50 Sekunden später
RE:
Du beantwortest sie ohnehin nicht.

Eineinhalb Minuten später
AW:
Emmi, warum, glaubst du, sitze ich hier seit knapp einer halben Stunde an meinem Computer?

30 Sekunde später
RE:
Gute Frage. Warum?

50 Sekunden später
AW:
Um mich mit dir auszutauschen.

Eine Minute später
RE:
Stimmt. Das würde »Pam« nicht verstehen. Sie würde fragen: »Warum telefoniert ihr nicht? Da könntet ihr euch vier Fünftel der Zeit ersparen.«

40 Sekunden später
AW:
Stimmt. Und ich könnte nach solchen Meldungen ungeniert den Hörer auflegen.

50 Sekunden später
RE:
Stimmt. E-Mails sind geduldiger als Telefone. Das ist mein Glück!

40 Sekunden später
AW:
Stimmt. Und bei E-Mails verbringt man auch die Zeit dazwischen miteinander.

30 Sekunden später
RE:
Stimmt. Das ist das Gefährliche.

40 Sekunden später
AW:
Stimmt. Und das Süchtigmachende zugleich.

50 Sekunden später
RE:
Stimmt. Zum Glück bin ich erfolgreich auf Entzug. In diesem Sinne: Tschüss für heute, lieber Schreibfreund. Bernhard kocht, ich werde ihm auf die Finger schauen. Mach's gut! Emmi.

KAPITEL VIERZEHN

Acht Tage später
Betreff: **Kaffee**
Hallo Emmi, wollen wir uns auf einen Kaffee treffen?

Vier Stunden später
RE:
Fällt Schreibfreund Leo nach einer Woche gediegenen Flauten-Schweigens soeben spontan ein.

Drei Minuten später
AW:
Ich wollte euch nicht vom Kochen und Auf-die-Finger-Schauen abhalten, liebe Emmi.

Zwei Minuten später
RE:
Nur keine falsche Zurückhaltung, lieber Leo. Sonst laden wir dich gleich zum Essen ein. »Pam« kann natürlich gerne mitkommen. Isst sie Flusskrebse?

Eine Minute später
AW:
Dein neuer, freundschaftlich angepriesener Kommunen-Humor ist selbst für deine Begriffe schräg, liebe Emmi. Also: Wollen wir auf einen Kaffee gehen?

Fünf Minuten später
RE:
Lieber Leo, warum sagst du eigentlich nicht: »Ich will mir dir (…)?« Warum fragst du: »Wollen wir (…)?« Weißt du selbst nicht, ob du willst? Oder behältst du dir vor, ebenfalls nicht zu wollen, für den Fall, dass ich nicht will?

50 Sekunden später
AW:
Liebe Emmi, ich will mit dir auf einen Kaffee gehen. Willst du auch? Wenn du nicht willst, will auch ich nicht, denn ich will nicht gegen deinen Willen mit dir (auf einen Kaffee gehen). Also wollen wir?

Fünf Minuten später
RE:
Ja, können wir machen, Leo. Wann und wo schlägst du vor?

Drei Minuten später
AW:
Dienstag oder Donnerstag gegen 16 oder 17 Uhr? Kennst du das Café Bodinger in der Dreisterngasse?

40 Sekunden später
RE:
Ja, kenne ich. Dort ist es eher schummrig.

50 Sekunden später
AW:
Das kommt darauf an, wo man sitzt. Direkt unter dem großen Luster ist es taghell wie im Messecafé Huber.

30 Sekunden später
RE:
Und du willst direkt unter dem großen Luster sitzen.

40 Sekunden später
AW:
Mir ist es egal, wo ich sitze.

20 Sekunden später
RE:
Mir nicht.

40 Sekunden später
AW:
Wo willst du lieber sitzen, Emmi, unter dem Luster oder in einer schummrigen Nische?

30 Sekunden später
RE:
Das kommt darauf an, mit wem.

20 Sekunden später
AW:
Mit mir.

20 Sekunden später
RE:
Mit dir? Habe ich mir noch nicht überlegt, mein Lieber.

30 Sekunden später
AW:
Dann überlege es dir einmal, meine Liebe.

Eine Minute später
RE:
Okay, schon überlegt. Mit dir würde ich gerne auf halbem Wege zwischen den Nischenplätzen und den Tischen unter dem großen Luster sitzen, dort, wo das Licht von schummrig auf taghell übergeht. Am Donnerstag, um 16.30 Uhr?

50 Sekunden später
AW:
Donnerstag, 16.30 ist perfekt!

Fünf Minuten später
RE:
Ach, und was erwartest du dir von unserem eins, zwei, drei (!), vier, fünften Treffen?

Zwei Minuten später
AW:
So wie jede Begegnung anders war als jede andere, erwarte ich mir, dass auch diese Begegnung anders sein wird als alle unsere bisherigen.

50 Sekunden später
RE:
Weil wir jetzt Freunde sind.

30 Sekunden später
AW:
Ja, vielleicht auch deshalb. Und weil Teile von »uns« sorgsam darauf bedacht sind, den Begriff der Freundschaft »ins Treffen« zu führen.

Fünf Minuten später
RE:
Welche war die beste Begegnung, Leo?

50 Sekunden später
AW:
Die vorläufig letzte, die fünfte.

Zwei Minuten später
RE:
Da hast du nicht lange nachgedacht! Weil sie die kürzeste war? Weil sie ein (verhältnismäßig) klares Ende hatte? Weil die Weichen für die Zukunft gestellt waren? Weil »Pam« vor der Türe stand?

40 Sekunden später
AW:
Wegen deines »Erinnerungsstücks«, Emmi.

30 Sekunden später
RE:
Oh. Du erinnerst dich?

20 Sekunden später
AW:
Ich muss mich nicht erinnern. Ich kann es nie vergessen. Ich habe es immer bei mir.

40 Sekunden später
RE:
Aber du hast kein Wort darüber verloren.

30 Sekunden später
AW:
Dort kommen Worte nicht hin.

40 Sekunden später
RE:
Bei uns sind Worte bisher noch überall hingekommen.

30 Sekunden später
AW:
Hierhin nicht. Hier lasse ich sie nicht herein. Das macht »es« aus.

20 Sekunden später
RE:
Du spürst »es« also nach wie vor?

20 Sekunden später
AW:
Und wie!

40 Sekunden später
RE:
Das ist schön, Leo!!! (Pause. Pause. Pause.) So, und jetzt sind wir wieder Freunde.

30 Sekunden später
AW:
Ja, Schreibfreundin, du bist entlassen. Du kannst Bernhard beim Kochen auf die Finger schauen. Angenehmen Abend!

40 Sekunden später
RE:
Gut, Schreibfreund, und du darfst »Pam« beim Haarfönen beiwohnen. Ebenfalls angenehmen Abend.

30 Sekunden später
AW:
Sie fönt ihre Haare morgens zwischen sieben Uhr und sieben Uhr dreißig. (Außer am Wochenende.)

50 Sekunden später
RE:
So genau wollte ich es diesmal gar nicht wissen.

Vier Tage später
Betreff: **Cafe Bodinger**
Hallo Emmi, bleibt es bei heute Nachmittag?
Lieber Gruß, Leo.

Eine Stunde später
RE:
Hallo Leo. Ja, natürlich. Es ist nur (...), es ist ein kleines Problem aufgetaucht, ein organisatorisches. Aber egal. Nein, es ist eigentlich kein wirkliches Problem. Also, es bleibt bei heute Nachmittag. 16.30 Uhr. Bis bald!

Drei Minuten später
AW:
Wollen wir (...), Verzeihung, willst du, dass wir das Treffen verschieben, Emmi?

Zwei Minuten später
RE:
Nein, nein, nein. Alles okay. Es ist nur, nein, es ist eigentlich kein wirkliches Problem. Bis dann, Schreibfreund! Ich freu mich!

40 Sekunden später
AW:
Ich mich auch!

Am nächsten Morgen
Betreff: **Überraschungsgast**
Hallo Leo, er mag dich!

Eine Stunde später
AW:
Schön.

40 Minuten später
RE:
Bist du sauer? Leo, es ging nicht anders. Sein Werkunterricht ist ausgefallen und er wollte unbedingt mitkommen. Er wollte dich kennenlernen. Er wollte wissen, wie jemand aussieht, der

einem (nein, nicht einem, sondern seiner Mutter) zwei Jahre lang E-Mails schreibt. Er findet das nämlich einigermaßen pervers, was wir da tun, beziehungsweise was wir nicht tun. Du warst für ihn wie ein Außerirdischer, und deshalb doppelt interessant. Was hätte ich machen sollen? Hätte ich sagen sollen: »Jonas, nein, das geht nicht, dieser Mann vom fremden Planeten ›Outlook‹ ist nur für mich bestimmt«?

Zehn Minuten später
AW:
Ja, Emmi, ich bin sauer, sehr sogar! DU HÄTTEST MIR VORHER SAGEN MÜSSEN, dass du Jonas mitnimmst! Dann hätte ich mich darauf einstellen können.

Fünf Minuten später
RE:
Dann hättest du unser Treffen abgesagt. Und ich wäre enttäuscht gewesen. So bin ich beeindruckt von dir, wie wacker du dich geschlagen hast, wie aufmerksam du ihm zugehört hast, wie lieb du zu ihm warst. Ist doch besser, oder? Jonas ist jedenfalls sehr angetan von dir.

Drei Minuten später
AW:
Das wird seinen Papa aber freuen!

Acht Minuten später
RE:
Leo, unterschätze Bernhard nicht. Er betrachtet dich längst nicht mehr als Konkurrenten. Wir haben klare Verhältnisse. Endlich haben wir sie! Wir führen, und wenn es in deinen Ohren auch noch so desillusionierend klingen mag, eine »Vernunftpartnerschaft«. Die führen wir wieder. Und die führen wir gut! Denn eine Partnerschaft kann über kurz oder lang nur eine Vernunftpartnerschaft sein, alles andere wäre so, so,

so – unvernünftig, partnerschaftlich gesehen, wenn du verstehst.

Zwei Minuten später
AW:
Und ich bin euer neu auserkorenes Vernunftpartnerschaftsmitglied. Kannst du mir bei Gelegenheit einmal verraten, welche Funktion ich in eurem Vernunftgefüge innehabe? Soll ich mich nach der virtuellen Betreuung der Mama nun mehr auf den Sohn konzentrieren?

Eine Minute später
RE:
Lieber Leo, war diese Stunde mit Jonas wirklich so schlimm? Glaube mir, es hat ihm gut getan, dich einmal zu sehen und mit dir zu plaudern. Deine Ausführungen über die Foltermethoden im Mittelalter hat er echt klasse gefunden. Davon will er noch mehr hören.

Sieben Minuten später
AW:
Das freut mich, Emmi. Er ist auch ein netter Bursche. Aber wenn ich ehrlich bin, wenn ich ganz, ganz ehrlich bin, vermutlich wirst du das nicht verstehen, keine Vernunftpartnerschaftsfrau mit Vernunftpartnerschaftskindern würde das verstehen, es ist ja auch absurd, es ist anmaßend, überheblich, ja größenwahnsinnig, ein Tick von mir, hirnrissig, absolut weltfremd, abgehoben, außerirdisch. Egal, ich sage es trotzdem: Eigentlich wollte ich DICH sehen und mit DIR reden, Emmi. Deshalb hatte ich mit DIR ein Treffen vereinbart. Mit DIR zu zweit.

Zwei Minuten später
RE:
Gesehen haben wir uns ja (sehr zu meiner Freude). Und das

Reden können wir nachholen. Hast du nächste Woche Zeit? Dienstag, Mittwoch, Donnerstag? Vielleicht sogar einmal ein bisschen länger?

Drei Stunden später

Betreff: Hallo

Hallo Leo, studierst du noch immer deinen Terminkalender?

Fünf Minuten später

AW:

Nächste Woche fliege ich mit Pamela nach Boston.

Drei Minute später

RE:

Ah! Ah so. Aha. Mhm. Verstehe! Etwas Ernstes?

Eine Minute später

AW:

Davon, zum Beispiel, hätte ich dir ganz gerne erzählt.

40 Sekunden später

RE:

Dann drucks nicht herum, tue es einfach! Schriftlich!

Zehn Minuten später

Kein Betreff

Bitte! (Bitte, bitte, bitte!)

Eine Stunde später

Kein Betreff

Okay, dann tu es nicht und sei beleidigt! Steht dir gut, Leo! Ich liebe beleidigte Männer. Ich finde sie wahnsinnig erotisch. Sie halten den Spitzenplatz auf meiner Eros-Tabelle: Autorenn-Männer, Ferienmessen-Männer, Sandalen-Männer, Bierzelt-Männer und beleidigte Männer! Gute Nacht.

Am nächsten Abend
Betreff: Alles-Illusion
Hallo Emmi, es ist nicht so einfach, dir meine Situation zu erklären, aber ich versuche es. Ich beginne mit einem Emmi-Zitat: »Alles kann einem ein einziger Mensch nicht geben.« Du hast Recht. Sehr klug. Sehr einsichtig. Sehr vernünftig. Mit dieser Erkenntnis im Hinterkopf läuft man nie Gefahr, zu viel vom anderen zu verlangen. Und man selbst darf sich ruhigen Gewissens mit Einzelbeiträgen zu dessen Glück begnügen. Das spart Energien für schwere Zeiten. So lässt es sich gemeinsam leben. So lässt es sich heiraten. So lässt es sich Kinder großziehen. So lassen sich Versprechen einlösen, so lassen sich »Vernunftpartnerschaften« aufbauen, festigen, vernachlässigen, aus dem Schlaf reißen, retten, wieder neu beginnen, über Krisen bringen, durchziehen. Große Aufgaben! Ich habe Respekt davor, ehrlich. Allein: So kann ich nicht, so will ich nicht, so denke ich nicht, so ticke ich nicht. Ich bin zwar schon erwachsen und immerhin zwei Jahre älter als du, aber ich habe SIE noch immer, und ich bin (noch) nicht bereit, von ihr abzurücken: von der »Alles-Illusion«. Die Realität: »Alles kann einem ein einziger Mensch nicht geben.« Meine Illusion: »Aber er sollte es wollen. Und er sollte gar nie aufhören, es zu probieren.«
Marlene hat mich nicht geliebt. Ich wäre bereit gewesen, ihr »alles« zu geben, aber mein Angebot hat sie nicht sonderlich interessiert. Einen Bruchteil davon hat sie dankend oder gnadenhalber angenommen, den Rest durfte ich für mich behalten. In der Summe hat es nur für ein halbes Dutzend Startversuche gereicht. Die Landungen kamen bald und waren äußerst unsanft, zumindest für mich.
Bei Pamela ist das anders. Sie liebt mich. Sie liebt mich wirklich. Keine Angst, Emmi, ich werde dich jetzt nicht wieder mit Details unserer Übereinstimmungen langweilen. Das Problem: Pamela fühlt sich hier nicht wohl. Sie hat Heimweh, Sehnsucht nach ihrer Familie, nach ihren Freunden, ihren Arbeits-

kollegen, ihren Lokalen, ihren Gepflogenheiten. Sie lässt es sich kaum anmerken, sie will es vor mir geheim halten, sie will mich damit verschonen, weil sie weiß, dass es nichts mit mir zu tun hat, und weil sie davon ausgeht, dass ich nichts daran ändern kann.

Nun, ich habe für uns beide Flugtickets nach Boston gekauft und Pamela damit überrascht. Aus Freude darüber hat sie eine Jahresration Tränen vergossen. Seither ist sie wie verwandelt, als würde sie unter Glücksdrogen stehen. Sie geht dabei lediglich von zwei »Urlaubswochen« aus, aber ich halte es nicht für ausgeschlossen, dass in der Folge mehr daraus wird. Ich habe, ohne es ihr zu sagen, Vorstellungsgespräche an Germanistik-Instituten vereinbart, vielleicht ergibt sich für mich längerfristig eine Jobmöglichkeit.

Emmi, mich zieht es nicht nach Boston, kein bisschen. Ich würde so gerne hier bleiben – aus verschiedenen Gründen, nein, nicht aus verschiedenen Gründen, aus einem ganz bestimmten Grund. Aber dieser Grund ist so (…), wie würdest du es formulieren? »Dieser Grund ist so, so, so – grundlos.« Er entbehrt jeder Grundlage. Er ist ein Hirngespinst. Nein, schlimmer noch: Er ist ein Bauchgespinst.

Wahrscheinlich liegt meine gemeinsame Zukunft mit Pamela, sollte es eine geben, einige tausend Kilometer von hier entfernt. Ich glaube, ich kann mich leichter umgewöhnen und an eine neue Umgebung anpassen als sie.

Ihr Glückszustand motiviert mich. Ich möchte sie weiter so sehen, wie ich sie an den vergangenen Tagen gesehen habe. Und ich will, dass sie mich weiter so ansieht, wie sie mich seit einigen Tagen ansieht. Sie sieht mich an wie einen Mann, der die Fähigkeit besitzt, ihr »alles« zu geben. Nein, es ist nicht die Fähigkeit, nur die Bereitschaft. Dazwischen liegt Illusion. Die will ich mir noch eine Weile beibehalten. Wofür sonst lohnt es sich zu leben, wenn nicht für »Alles«-Illusionen?

Zwei Stunden später
RE:
»Sie liebt mich. Sie liebt mich wirklich.« »Ich will ihr alles geben.« »Ich kann mich besser umgewöhnen.« »Ich kann mich besser anpassen.« »Ihr Glückszustand motiviert mich.« »Wenn sie mich nur weiter so ansieht, wie sie mich seit einigen Tagen ansieht!« (...)
Leo, Leo, Leo! Lieben heißt für dich, an den Schalthebeln des Glücks eines anderen zu sitzen. ABER WO BIST DU? Was ist mit deinem Glück? Was ist mit deinen Wünschen? Hast du keine eigenen? Hast du nur jene von »Pam«? Bleiben dir selbst nur Bauchgespinste? – Du tust mir leid. Nein, ich tu mir leid. Nein, wir beide tun mir leid. Es ist heute eine traurige Nacht, irgendwie. Dunkler Spätfrühling. Windstille. Flaute. Ich trinke jetzt einen Whiskey. Und danach entscheide ich, ob ich noch einen trinke. Ich handle nämlich nach meinen eigenen Wünschen. Und ich suche nach MEINEM Glück. Zum Glück. Oder zum Pech. Keine Ahnung. Du bist ein Lieber, Leo! Du bis wirklich ein Lieber! Aber kannst du nur geliebt werden oder kannst du auch einmal lieben? Gute Nacht. Emmi.

Zwei Tage später
Betreff: **Vier Fragen**
1.) Wie geht es dir?
2.) Wann fliegt ihr?
3.) Schreibst du mir noch ein paar Worte?

Drei Minuten später
AW:
Das waren nur drei Fragen!

30 Sekunden später
RE:
Ich weiß. Ich wollte nur prüfen, ob du noch diesseitig genug bist, mitzuzählen.

Acht Minuten später
AW:
Zu 1.) Mir geht es nicht besonders. Ich habe mir ein »Bauchgespinst« der anderen Art eingefangen: eine Darminfektion. Wenn mir eine Reise zu zweit bevorsteht, werde ich immer krank. Das war schon mit Marlene so.
Zu 2.) Wir fliegen morgen Vormittag (sofern die Klomuschel in mein Handgepäck passt).
Zu 3.) Noch ein paar Worte? Emmi, deine E-Mail mit dem dunklen Spätfrühling hat mich sehr bedrückt. Ich wusste nicht, was ich darauf antworten sollte. Es gibt keine Gebrauchsanweisung mit Lageplan für die Sichtung und Bergung von Glück. Jeder sucht seines auf seine Weise und an jenen Orten, an denen er glaubt, es am ehesten zu finden. Aber vielleicht war es einfach zu viel verlangt, von dir aufmunternde Worte für mein »Unternehmen Boston« zu erwarten.

30 Minuten später
RE:
Da hast du Recht, Leo. Entschuldige, aber »Boston« ist bei mir nun einmal hoffnungslos negativ besetzt, da war nicht mehr drinnen. Glaube mir bitte: Ich finde deine Bereitschaft, einer Frau »alles« zu geben, beachtlich, mutig, faszinierend. (»Edel« und »weltmännisch« habe ich wieder gelöscht.) Ich wünsche dir das Beste dabei, das größtmögliche Glück. Abgesehen von Gebrauchsanweisung und Lageplan: Jeder definiert Glück eben auf seine Weise, ich mehr über mich, du anscheinend mehr über »Pam«. Ich hoffe, du kommst dabei auf deine Rechnung.
Ach ja, meine Psychotherapeutin hat gemeint, ich könnte dir eventuell noch die Information mit auf die Reise geben, dass ich mich freue, wenn du wieder zurückkommst, ich meine, nach den zwei Wochen. Sie hat gemeint, ich könne ruhig zugeben, dass ich in gewisser Weise auf deine Rückkehr warte, weil ich es irgendwie so, so, so – irgendwie schön finde, dass du

da bist, wenn du wieder da bist, sehr schön. Verstehst du? Und probiere es mit Reiswaffeln, nicht mit Bananen. Bananen helfen überhaupt nicht. Bananen sind die größte Lüge in der Geschichte der Durchfallerkrankung. Mach's gut, mein Lieber!

Fünf Minuten später
AW:
Und viertens?

Zwei Minuten später
RE:
Ach ja, viertens!
4.) Wenn du wieder zurückkommst, treffen wir uns dann einmal zu viert? Fiona möchte dich kennenlernen. Jonas hat ihr erzählt, du seiest so der Typ Kevin Spacey, nur ohne Haare. Fiona liebt Kevin Spacey, selbst ohne Haare, obwohl die meiner Meinung nach noch zu den interessanteren Gesichtsmerkmalen von ihm zählen. Aber ich glaube, Jonas verwechselt Spacey ohnehin mit diesem Spießerfamilien-Schauspieler, den mit dem lang gezogenen Gesicht, wie heißt der? Egal. Leo, treffen wir uns bald wieder? Sag ja!

Eine Minute später
Betreff: **SAG JA!**
Siehe Betreff und tu es!

50 Sekunden später
AW:
Ja! Ja! Ja! Verzeihung, ich war gerade auf der Toilette. Und der nächste Satz darf nicht zu lang werden, sonst werde ich ihn in der Mitte abbrechen müssen. Bis bald, meine Liebe!

KAPITEL FÜNFZEHN

Acht Tage später
Betreff: Daheim bist »du«
Liebe Emmi, Boston hat mich seit einer Woche fest im Griff. Wenn die Stadt einen einmal gepackt hat, dann lässt sie nicht mehr locker. Pamela kennt hier in unserer Wohnumgebung jede fünfte Familie, und jede zweite davon lädt uns zum Essen ein. Das heißt: Wir essen ungefähr achtmal täglich bei irgendwelchen Bekannten. Und da sind die Verwandtenbesuche noch gar nicht eingerechnet. Das mag für dich jetzt fürchterlich spießig klingen. Aber es geht mir gut dabei, die Freundlichkeit dieser Menschen steckt mich an, ich sehe von früh bis spät offene, lachende, strahlende Gesichter. Das strahlt auf mich zurück. Du weißt, ich hab ja einen etwas eigentümlichen Zugang zum Glück. Es erschließt sich bei mir zumeist von außen und kommt selten aus meinem Inneren. Selten, aber doch. Emmi, es ist schön, an dich zu denken! Ich muss diesem Satz noch mehr Gewicht geben: EMMI, ES IST SCHÖN, AN DICH ZU DENKEN! Ich hatte wahnsinnige Angst vor einer Renaissance meiner schmerzlichen alten Bostoner Zufluchtund Schlupfwinkel-Gefühle. Ich danke dir so sehr, dass du die Hintertür, durch die ich unser »Uns« damals verlassen habe, nicht zugeriegelt hast. Nun kann ich selbst aus so großer Entfernung ohne Herzensstiche »zu Hause« sein: Daheim ist, wo du bist, Emmi. Ich freue mich, dir räumlich bald wieder näher zu sein. Ich freue mich auf unser nächstes Treffen. Nimm ruhig ein paar deiner pubertierenden Überraschungskinder mit. Und irgendwann einmal verrate ich dir etwas über: dich und »es« und mich. So, und jetzt sind wir bei Pamelas Uni-Freundin Maggy Wellington zum »Dinner« eingeladen. Bis bald, dein Schreibfreund Leo.

Vier Tage später
Betreff: Angekommen?
Liebe Emmi, ich hab dir vor ein paar Tagen hier aus Boston eine E-Mail geschickt. Ich weiß nicht, ob du sie erhalten hast,

bei mir ist eine Fehlermeldung eingegangen. Ich fasse den Inhalt in zwei Sätzen zusammen: 1.) Mir geht es gut, aber/und du fehlst mir! 2.) Ich freue mich auf unser nächstes Treffen! Bis bald, dein Schreibfreund Leo.

Drei Tage später
Betreff: **Angekommen?**
Hallo Leo, bist du gelandet? Hat dich das heimische Top 15 wieder? Danke für die liebe US-Post! Ich fasse deine beiden Ostküsten-Mails geografisch wie folgt zusammen. 1.) Daheim ist, wo deine Schreibfreundin Emmi ist. 2.) Boston ist, wo die Gesichter strahlen und wo du »Pam« von innen (und dich dabei gleichzeitig von außen) glücklich machen kannst. Frage: Weißt du schon, wo du hingehörst? Und ab wann? Herzlichst, Emmi.
Und, ja: Verrate mir etwas über »dich und ›es‹ und mich«!

Am nächsten Vormittag
Betreff: **Hängengeblieben?**
Oder bist du gleich in Boston geblieben?

Sieben Stunden später
Kein Betreff
Liebe Emmi, ich habe gestern einen folgeschweren Fehler begangen. Ich habe Pamela von dir erzählt. Ich melde mich wieder, wenn es möglich ist. Bitte warte nicht! Alles Liebe, Leo.

Zehn Minuten später
RE:
Ach, Leo!!! Warum musst du die vernünftigen Dinge immer zum unvernünftigsten aller Zeitpunkte machen? Okay, ich warte nicht. Alles Liebe, Emmi.

Einen Tag später
Kein Betreff
Nein, ich warte nicht.

Einen Tag später
Kein Betreff
Wie gesagt, ich warte nicht.

Einen Tag später
Kein Betreff
Ich warte nicht, ich warte nicht.

Einen Tag später
Kein Betreff
Ich warte nicht, ich warte nicht, ich warte nicht.

Einen Tag später
Kein Betreff
Ich warte nicht, ich warte nicht, ich warte nicht, ich warte nicht.

Einen Tag später
Betreff: Aus!
Ich habe es satt, nicht zu warten! Ich warte!

Sechs Stunden später
Betreff: Leeeo?
Willst du mir nicht mehr schreiben oder kannst du mir nicht mehr schreiben oder darfst du mir nicht mehr schreiben? Was hast du ihr von mir erzählt? WAS? WAS? WAS? Leo, wenn du dein Glück auch nur ein bisschen über mein Glück definierst, dann wirst du es ohnehin spüren: Du machst mich gerade todunglücklich. Bitte bediene die Schalthebel. Höre endlich auf, um den heißen Brei zu schweigen! Sehr verbittert, Emmi.

Eine Stunde später
Betreff: **Steuerberater!**
Leo, du zwingst mich dazu: Ich zähle bis zehn, dann rufe ich meinen Steuerberater an und fixiere für morgen einen Termin. Du weißt, was das bedeutet. Und ich spreche perfektes American English, wenn es gilt, persönliche Dinge aufzuklären. Eins. Zwei. Drei. (...)

Am nächsten Morgen
Betreff: **Ultimatum**
Hallo Leo, meine Psychotherapeutin meint, ich sollte dir noch eine letzte E-Mail schreiben, ich sollte dir sagen, dass es wirklich die letzte E-Mail ist, wenn du mir nicht bald – sogar eher sofort als bald – antwortest, und es sollte dann auch tatsächlich die letzte E-Mail sein. Dafür verbürge ich mich! Sie meint ferner, ich sollte dir vorschlagen, dass wir uns treffen und über alles reden. Und ich sollte unbedingt dazusagen, dass ich definitiv nicht will, dass »Pam« von diesem Treffen weiß oder im Nachhinein erfährt, denn das sei eine Sache zwischen uns beiden und zwischen sonst gar niemandem. Hat sich meine Therapeutin jetzt klar genug ausgedrückt? In Erwartung deiner unmittelbar bevorstehenden Antwort, Emmi.

Drei Stunden später
AW:
Liebe Emmi, bitte gib mir noch Zeit. Sie ist komplett verunsichert und zieht sich in ihr Schneckenhaus zurück. Es muss mir gelingen, ihr Vertrauen zurückzugewinnen und mit ihr eine Gesprächsbasis aufzubauen. Deine Psychotherapeutin wird mir sicher Recht geben, dass ich zuerst mit ihr ins Reine kommen sollte, bevor wir beide, du und ich, einander begegnen. Mein Konflikt mit Pamela ist noch nicht ausgetragen, vielleicht ist er noch nicht einmal so richtig ausgebrochen. Sie muss endlich reden, sie muss es rauslassen, sie muss mir ins Gesicht sagen, was es ist, das sie so ungeheuerlich kränkt, wor-

unter sie leidet, was sie mir vorzuwerfen hat. Ich stehe vor einem finsteren Gang, den ich mit ihr zu beschreiten habe. Du kannst da nicht mit, du musst draußen im Freien bleiben. Aber wenn ich durch bin, werde ich dir alles erzählen, alles was dich und mich betrifft. Versprochen! Liebe Emmi, bitte hab Geduld und geh mir nicht verloren! Ich fühle mich elend wie schon lange nicht.

Eine Stunde später

RE:

Ich gehe dir nicht verloren, lieber Leo. Aber DU wirst mir verloren gehen. Du wirst mit »Pam« den finsteren Gang beschreiten, und am Ende strahlt euch hellstes Bostoner Sonnenlicht entgegen. Keine Sorge, du wirst mit ihr »ins Reine« kommen. Und das »Reine« kann nur eines bedeuten: kein Kontakt mehr zwischen dir und mir. Es ist die einzige Chance zur Aufrechterhaltung deiner ins Wanken geratenen »Alles-Illusion«. Ich hab ja keine Ahnung, was du ihr über uns erzählt hast. Offensichtlich nicht, dass wir alte Bekannte oder flüchtige Freunde sind, die sich ab und zu schreiben. Weiß »Pam« auch nur einen Teil vom großen wahren Ganzen, dann würde ich dir an ihrer Stelle im Minutentakt mit einem Megaphon ins Ohr brüllen: »Never ever Emma again!« Wahrscheinlich ist sie schüchterner, vorsichtiger, höflicher. Sie wird es sich nur denken. Aber das ändert nichts an deiner logischen Konsequenz: Schluss mit Emmi. »Pam« wird es von dir verlangen. Und ich verstehe sie! Und du wirst es tun. Denn ich kenne dich.

So, Leo, und jetzt hast du alle Zeit der Welt, »ins Reine« zu kommen. Zuerst mit ihr, dann mit mir. Und irgendwann vielleicht auch einmal mit dir. Das würde ich dir am meisten wünschen. Alles Liebe, Emmi.

Drei Tage später

Betreff: **Spiderman**

Hallo Leo, ich soll dir Grüße von Jonas ausrichten. Er will mit

dir (und mir, wenn ich unbedingt dabei sein muss) ins Kino gehen: »Spiderman drei«. Falls du nicht schwindelfrei bist, darf es auch »Die Rückkehr der Jedi-Ritter« sein. Sein Papa ist für drei Wochen auf Asien-Tournee. Er spielt dort täglich in vollen Konzertsälen. Und wenn Asiens Konzertsäle voll sind, sind sie gleich fünfmal so voll wie unsere.
Eigentlich wollte ich dir aber nur mitteilen, dass ich dir, wie versprochen, noch nicht verloren gegangen bin. Alles Liebe, Emmi.

Zehn Minuten später
AW:
Danke, Emmi!!!

Eine Minute später
RE:
Na, siehst du, Leo, das genügt mir schon! Schreibe mir einmal in der Woche »Danke, Emmi«, vergiss dabei die drei Ausrufezeichen nicht – und ich halte es locker noch ein paar Jahre »im Freien« aus.

Vier Tage später
Betreff: **Heiß**
Heiß heute, nicht wahr?
(Wenn dir die Zeit oder Kraft fehlt, dir eine eigene Antwort zu überlegen, dann empfehle ich dir: »Ja, sehr heiß!!!« oder »Viel Wasser trinken!!!«. Bitte die Ausrufezeichen nicht vergessen!!!)

Sieben Stunden später
Kein Betreff
Schade. Diesmal hatte ich fix mit dir gerechnet.

Am nächsten Abend
Betreff: **Lichtlein**
Ist es noch sehr dunkel im Gang? Oder siehst du schon ein

Lichtlein am Horizont. Glüht es? Dann bin's ich. (Sonnenbrand.)

Am nächsten Morgen
Betreff: **Was genau?**
Lieber Leo, was hast du »Pam« eigentlich von uns erzählt? Hast du ihr auch etwas von den kniffligen Dingen verraten? Zum Beispiel:
a.) Dass wir seit zweieinhalb Jahren eine E-Mail-Beziehung führen.
b.) Dass du, um meine Ehe nicht zu gefährden, nach Boston geflüchtet warst.
c.) Dass wir uns nach deiner Rückkehr im Netz wiedergefunden und ohne Netz fünf Mal getroffen haben.
d.) Dass wir einmal gar Sex miteinander hatten.
e.) Wann d.) war, wie die Umstände gewesen waren, als d.) zustande kam, und wie du d.) empfunden hast.
f.) Dass wir uns noch am Vorabend ihrer Übersiedelung für ein paar Minuten getroffen haben.
g.) Was ich dir damals als »Erinnerung« hinterlassen habe.

Und hast du wenigstens halbwegs sauber die Kurve gekratzt? Zum Beispiel:
h.) Dass unser Verhältnis nunmehr als »innig, platonisch, freundschaftlich« zu bezeichnen ist.
i.) Dass unsere Schreibfreundschaft keine Beeinträchtigung eurer Lebensgemeinschaft darstellt.
j.) Dass ich dir nichts von ihr und ihr nichts von dir wegnehme.
k.) Weil ich ja ohnehin zu meiner Familie zurückgekehrt bin, um meine beispiellos vernünftige Vernunftpartnerschaft nach einer verdienten Verschnaufpause weiterzuführen.
l.) Und weil ihr beide in absehbarer Zeit ja ohnehin nach Boston auswandern werdet.

Fünf Minuten später
AW:
a.), b.), c.), d.), e.), f.), h.), i.), j.), k.). l.)

Eine Minute später
RE:
Alles? Sämtliches? Die volle Palette? Leo, bist du wahnsinnig? Ich würde dich an ihrer Stelle nur deshalb nicht auf den Mond schießen, weil du dann zu weit weg wärst, um dir die Barthaare einzeln auszureißen.

30 Sekunden später
RE:
Im Übrigen wusste ich, dass man mit dir toll darüber diskutieren würde können!

40 Sekunden später
RE:
Hey, Leo. Jetzt sehe ich es erst: Alles außer g.) Du hast g.) ausgelassen. Du hast »Pam« zwar gebeichtet, dass du in eine sexuelle Handlung mit mir verstrickt warst. Du hast ihr sogar veranschaulicht, was du dabei empfunden (bzw. anders oder nicht empfunden) hast. Aber du hast ihr nicht verraten, was ich dir als Erinnerung an mich hinterlassen habe? Warum nicht?

Eine Minute später
AW:
Weil wenigstens mein stärkstes und schönstes Geheimnis mit dir bei dir und bei mir bleiben musste.

Zwei Minuten später
RE:
Ich musste den Satz zwar zweimal lesen, aber das hast du nett gesagt! Oder, in deinem Verknappungsjargon: danke, Leo!!!

Sechs Tage später
Betreff: **Verloren?**
Liebe Emmi, bist du mir verlorengegangen? Ich könnte es dir nicht einmal verübeln.

Einen Tag später
Betreff: **Wann?**
Leo, der Schweiger von uns beiden bist du! Sag schon: Wann werdet ihr nach Boston auswandern?

Fünf Minuten später
AW:
Bitte, Emmi, hab noch ein paar Tage Geduld mit mir. In einer Woche werde ich dir alles sagen. ALLES!

Sieben Minuten später
RE:
Darfst du mir in einer Woche ALLES sagen? Oder musst du mir in einer Woche ALLES sagen? Darf Pam wissen, dass du mir in einer Woche ALLES sagst? Oder verlangt Pam gar, dass du mir in einer Woche ALLES sagst? Warum gerade in einer Woche? Was geschieht in dieser einen Woche? Okay, ich sehe schon, ich werde es wohl erst in einer Woche erfahren. Tschüss! Bis in einer Woche!

Vier Minuten später
Betreff: **Istrien**
Ach, übrigens: In einer Woche und zwei Tagen kommt Bernhard aus Japan zurück. Und in einer Woche und vier Tagen fahren wir mit den Kindern auf Sommerurlaub nach Istrien. Falls du mit dem Gedanken spielst, mich vorher noch zu treffen, um mir ALLES zu sagen, sei bitte pünktlich mit deiner Terminplanung! Erfolgreiche Woche, wünscht dir deine Emmi.

Sechs Tage später
Betreff: **Es wäre dann an der Zeit**
Hallo Leo, morgen ist die Woche vorbei. Was ist mit ALLEM? Wo ist ALLES? Was ist ALLES?

Einen Tag später
Betreff: **Alles (aus)**
Liebe Emmi, Pamela und ich haben Schluss gemacht. Sie fliegt am Montag alleine nach Boston. Das ist ALLES.

Zehn Minuten später
RE:
Lieber Leo, zugegeben, es ist viel. Aber es kann noch nicht ALLES gewesen sein. Es kann doch nicht plötzlich alles GE-WESEN sein. Das glaube ich nicht. Kopf hoch! Willst du mich treffen? Willst du dich aussprechen und ausheulen? Ich wäre hiermit ab sofort sozusagen rund um die Uhr für dich da, und das noch volle zwei Tage lang. Wenn du mich treffen willst, dann triff mich! Wenn du nicht weißt, ob du mich treffen sollst, dann triff mich! Wenn du nicht weißt, ob du überhaupt irgendjemanden treffen willst, dann mich! Nur wenn du sicher bist, dass du nicht weißt, ob es gut für dich ist, mich zu treffen, denn das kannst du nicht wissen, dann triff mich nicht. Oh doch, auch dann! So. Punkt. Unaufdringlicher wollte ich mich dir nicht anbieten. Aufdringlicher kann ich mich dir nicht mehr anbieten. Und aufdringlicher werde ich mich dir auch nie wieder anbieten. Ehrlich!

15 Minuten später
AW:
Liebe Emmi, in ein paar Stunden sitze ich im Zug nach Hamburg. Ich besuche meine Schwester Adrienne und bleibe bis Dienstag bei ihr. Du fährst mit deiner Familie nach Kroatien, am Mittwoch, oder? Dann werden wir uns wohl erst nachher sehen. Ich weiß, Emmi, du brennst darauf zu wissen, was ge-

schehen ist. Du hast ein Recht darauf. Und ich habe ein Bedürfnis, es dir mitzuteilen. Ehrlich! Du wirst es erfahren, in allen Facetten, das verspreche ich dir. Nehmen wir nur noch Hamburg und Kroatien dazu. Ich muss die Dinge klarer sehen. Ich brauche Abstand – von Pamela und von mir. Nicht von dir, Emmi, glaube mir, nicht von dir!

Acht Minuten später
RE:
Größer kann dein Abstand zu mir ohnehin nicht mehr sein, mein Lieber. Leo, du machst mich wahnsinnig mit deinen ewigen Aufschüben, Verweigerungen, Vertröstungen und wortkargen Kehrtwendungen! Wenn ich aus Istrien zurückgekehrt bin, wirst du vermutlich deine Verlobung mit »Pam« bekannt geben. Aber du wirst mir leider noch keine »Facette« dieser Entscheidung mitteilen können. Denn du wirst »die Dinge erst einmal klarer sehen« müssen. Leo, ich mag nicht mehr! Nicht böse sein: Worauf auch immer du diesmal wartest, mir etwas Fundiertes über dich zu sagen, ich warte nicht mehr mit. Seit ich dich kenne, warte ich. Ich habe in diesen zweieinhalb Jahren dreimal so viel gewartet wie in den 33 Jahren davor. Hätte ich wenigstens irgendwann gewusst, worauf! Ich habe mich satt gewartet. Ich habe mich effektiv ausgewartet. Tut mir leid! (So, und jetzt wirst du wieder schweigen und schmollen.)

Eine Minute später
AW:
Nein, Emmi, ich schweige nicht und ich schmolle nicht. Ich fahre nach Hamburg. Und ich komme zurück. Und ich schreibe dir. Und ich werde keine Verlobung bekannt geben. Alles Liebe. Leo.

KAPITEL SECHZEHN

Fünf Tage später

Betreff: Abschied von Pamela

Guten Morgen, liebe Emmi. Gruß von Top 15 ans Mittelmeer! Ich bin zurück. Ich bin wieder. Ich bin wieder ich. Ich sitze vor meinem Laptop auf der Terrasse. Hinter meinem Rücken – eine dieser erbärmlich kargen Männerwohnungen, die gerade von einer Frau verlassen wurden.

Ich habe gestern mit ihr telefoniert. Sie ist gut angekommen, in Boston regnet es. Erstaunlich, wir können schon wieder miteinander reden, spröde zwar, mit trockenen Kehlen, mit Schluckbeschwerden, mit Würgegeräuschen, mit knirschenden Zähnen, aber wir können es. Erst vor einer Woche hatten wir das Kunststück vollbracht, uns gleichzeitig, ohne Vorankündigung und ohne Nennung von Gründen, stehenzulassen. Ich eröffnete: »Pamela, ich glaube, wir sollten.« Pamela vervollständigte: »Schluss machen, du hast Recht!«

Wir sind uns nichts schuldig geblieben, sind gemeinsam gescheitert, rund, elegant, formvollendet, mit perfekten Haltungsnoten, »synchron«. Wir haben unsere Enttäuschungen vor uns ausgebreitet, auf einen Haufen geworfen und gerecht aufgeteilt. Jeder hat seine Hälfte genommen. So sind wir auseinandergegangen. Beim Abschied haben wir uns umarmt, geküsst und gegenseitig auf die Schulter geklopft. Dabei haben wir einander, ohne es auszusprechen, »herzliches Beileid« gewünscht. Jeder weinte, weil ihn die Tränen des anderen rührten. Es war wie eine Begräbnisszene, als hätten wir eine gemeinsame Angehörige verloren. Haben wir auch! Wir nannten sie nur unterschiedlich. Für Pamela hieß sie Vertrauen, für mich Illusion. (Fortsetzung folgt, ich schicke das weg und mache mir einen Kaffee. Bis gleich!)

Zehn Sekunden später
Betreff: **Abwesenheitsnotiz**
ICH BIN DERZEIT AUF URLAUB UND WERDE MEINE E-MAILS ERST WIEDER AM 23. JULI ABRUFEN. FREUNDLICHE GRÜSSE, EMMI ROTHNER.

30 Minuten später
AW:
Damit habe ich gerechnet, Emmi. Und das ist gut so! Ich weiß ja gar nicht, ob du dir das anhören willst. So erfahre ich es frühestens in eineinhalb Wochen. Na, dann werde ich einmal ungeniert weiter ausholen, meine Liebe:
Pamela war die erste Frau, die mich nicht an dich erinnerte, die ich nicht an dir maß, die nichts von dir, meiner virtuellen Wunschvorstellung, hatte, und die mich dennoch anzog. Ich sah sie und wusste, dass ich mich in sie verlieben musste. Das war mein Trugschluss, meine Fehlentscheidung: das »Müssen«, der Plan, die Absicht, mein dringliches Bemühen. Ich war beseelt davon, sie zu lieben. Ich bin darin aufgegangen. Ich habe bis zuletzt alles dafür gemacht. Nur eines nicht: Ich habe nie hinterfragt, ob ich es auch tue.
Es gab drei Phasen mit Pamela. Vier Monate in Boston: Das war meine beste Zeit mit ihr, das war MEINE Zeit mit ihr, keinen Tag davon möchte ich missen. Als ich vergangenen Sommer von Amerika nach Hause kam, warst du da, Emmi. Schon wieder, noch immer: DU! Meine Schränke voll sorgsam verstauter Gefühle. Wie naiv war ich zu glauben, dass sie von selbst verschwunden sein könnten. Du hast mich schnell daran erinnert, dass es kein Ende ohne Anfang gab. Wir trafen uns. Ich habe dich gesehen. DICH GESEHEN! Was sollte ich damals zu dir sagen? Was soll ich heute dazu sagen? Ich war in Phase zwei mit Pamela: eine Fernbeziehung, unterbrochen durch aufregende Entdeckungsreisen und Schübe gewaltiger Sehnsüchte nach der ganz normalen steten Zweisamkeit mit Brot- und Milcheinkäufen und Auswechseln von Staubsäcken.

Wie vertrieb ich mir die Wartezeit auf meine Zukunft? Mit dir, Emmi. Wem habe ich inzwischen raumlos beigewohnt? Dir, Emmi. Mit wem habe ich in meinem geheimen Inneren gelebt? Mit dir, Emmi. Immer nur mit dir. Und meine schönsten Fantasien hatten nun auch noch ein Gesicht. Dein Gesicht.
Und dann kam Pamela und blieb. Phase drei. Ich legte den Hauptschalter in meinem Kopf um: Emmi aus, Pamela an. – Ein brutales Unterfangen. Volle Konzentration auf die »Frau fürs Leben«, die Erwählte, die es zu lieben galt. Angewandte »Alles-Illusion«. Du hattest mir das Stichwort gegeben, ich glaubte, damit weiter zu kommen als Bernhard und du mit eurer »Vernunftehe«. Vielleicht wollte ich es dir auch nur beweisen. Ich war bemüht, alles zu tun, um Pamela glücklich zu machen. Sie fühlte sich anfangs geschmeichelt und geborgen. Mir selbst tat es gut, es war ein geschicktes Ablenkungsmanöver, eine sinnvolle Beschäftigungstherapie: Nur ja nicht in mich selbst hineinhorchen, nur ja nicht zu viel bei Emmi sein. Jede persönliche E-Mail, jeder innige Gedanke an dich musste sofort mit einer Geste der Verbundenheit zu Pamela entschuldigt und wettgemacht werden. Damit beruhigte ich mein schlechtes Gewissen. Nun, sie ließ sich von meinem Überschuss an Liebesbeteuerungen nicht lange beeindrucken. Bald fühlte sie sich irritiert, überfordert, in die Enge getrieben. Sie benötigte Freiraum, Auslauf, Zuflucht mit Heimvorteil. Da gab es nur einen Ort: Boston. Ich sah darin die einzig verbliebene Chance zur Verwirklichung meiner Illusion.
Du kennst meine E-Mails. Unser Abtast-Urlaub war gut genug, dass ich mir einbildete, es mit ihr an der US-Ostküste probieren zu wollen. Anfang nächsten Jahres wollten wir »auswandern«, die Weichen waren gestellt, Job und Wohnung in Aussicht. Aber dann, aber dann, aber dann. (...) Ja, dann habe ich ihr von dir erzählt, Emmi.
Schöne Stunden am Strand! Leo.

Acht Stunden später
RE:
Warum hast du ihr von mir erzählt?
Hi Leo, übrigens. Du hast ja hoffentlich nicht ernsthaft angenommen, dass ich dich jetzt eine Woche ohne meine Zwischentöne melodramatische »Pam«-Phasen-Analysen ausbreiten lasse, damit dir nachträglich wieder für Monate die Luft ausgeht. Apropos Luft: Ich befinde mich gerade in einem wunderschön schwarzwandigen, sorgsam verdunkelten, mit Death Metal beschallten, etwa drei Quadratmeter großen Internet-Gruft-Café für die durchgepiercte Nachfolgegeneration der kroatischen No-Future-Bewegung, einem Lokal, in dem man als Passivraucher in fünf Minuten mehr inhaliert als ein durchschnittlicher Kettenraucher in einer Stunde. In meinem Zustand einer nihilistisch illuminierten Schwade klingen deine nachträglichen »Pam«-Betrachtungen deshalb besonders bizarr. Also komm, setze ungeniert fort! Warum hast du ihr von mir erzählt? Was war danach? Und wie geht jetzt alles weiter? An einem der nächsten Nachmittage hole ich mir in dieser guten Internet-Stube deine Aufzeichnungen ab, sofern meine Lunge inzwischen nicht durchgebrannt ist. Küsschen, Emmi.
PS (ganz klassisch): Ich freu mich auf ein Wiedersehen!

Einen Tag später
Betreff: **Berührungspunkt**
Liebe Emmi, schön, dich in derart bestechender Form zu erleben. Die kroatische Meeres- und Gruft-Luft tut deiner feinfühligen Ader offenbar besonders gut.
1.) Warum ich Pam, also Pamela, von dir erzählt habe? – Ich musste es. Es gab einen Punkt, an dem ich nicht anders konnte. Es war DEIN Punkt, Emmi! Von mir einmal so beschrieben und bestimmt: »Auf der Innenseite meiner linken Hand, etwa in der Mitte, wo die Lebenslinie von dicken Faltenbögen durchkreuzt Richtung Pulsader abbiegt.« Das ist die Stelle, an der du mich bei unserem zweiten Treffen unabsichtlich be-

rührt hast. Sie blieb mein ultimativer Emmi-Empfindungspunkt, prolongiert für alle Ewigkeit.
Monate später, bei unserem berühmten Fünf-Minuten-Treffen am Abend vor Pamelas Ankunft, hast du mir dann dein »Erinnerungsstück«, dein »Geschenk« hinterlassen. Warst du dir der Tragweite dieser Geste bewusst? Ahntest du, was du damit anrichten würdest? »Psst!«, hast du geflüstert. »Nichts dazu sagen, Leo! Gar nichts sagen!« Du hast meine linke Hand genommen, hast sie zu deinem Mund geführt und hast unseren Berührungspunkt geküsst. Mit dem Daumen hast du noch einmal sanft darübergerieben. Deine Abschiedsworte: »Tschüss, Leo. Mach's gut. Vergiss mich nicht!« Und die Tür war zu. Hunderte Male habe ich diese Szene nachgespielt, tausendmal deinen Kuss auf den Punkt nachempfunden. Da es nicht gerade zu meinen Stärken zählt, sexuelle Erregungszustände zu beschreiben, lasse ich jetzt besser dahingestellt, wie es mir dabei ergangen ist.
Jedenfalls war es mir nicht mehr möglich, mit Pamela intim zu sein, ohne deinen Punkt zu spüren und ohne dabei an dich zu denken und dich zu fühlen, Emmi. Damit war meine groß hinausposaunte Betrugstheorie über den Haufen geworfen. Erinnerst du dich an die Worte, die ich dir schrieb? – »Meine Gefühle zu dir nehmen jenen zu ihr nichts weg. Sie haben nichts miteinander zu tun. Sie treten nicht in Konkurrenz zueinander.« Unsinn! Unhaltbar! Von der Wirklichkeit überholt. Von einem einzigen Pünktchen widerlegt. Lange Zeit wollte ich nicht wahrhaben, dass sich meine linke Hand mehr und mehr Pamelas Körper entzog, wollte nicht sehen, welche Abwehrhaltung sie einnahm, wie sehr sie darauf bedacht war, ihr Geheimnis zu schützen, in der Faust zu verbergen.
Pamela muss es schließlich bemerkt haben. An jenem Abend griff sie energisch nach meiner abweisenden linken Hand, bemühte sich mit allen Mitteln, meine Faust zu öffnen, machte daraus ein Spiel, lachte angestrengt, erhöhte den Druck, kniete auf meinem Unterarm. Erst hielt ich mit Kraft dagegen. Aber

schließlich erkannte ich meine Ohnmacht, unser großes Ganzes auf Dauer unter fünf Fingern verstecken zu können. Ich befreite meine Hand ruckartig aus ihrer Umklammerung, öffnete die Faust, hielt ihr die Hand vors Gesicht und sagte gereizt – ich fühlte mich elend, ausgeliefert, gedemütigt, verärgert, überführt: »Da, da hast du! Bist du jetzt zufrieden?« Sie war bestürzt, fragte, was mit mir plötzlich los sei, ob sie denn irgendetwas Falsches gesagt oder gemacht hätte. Ich beließ es dabei, mich zu entschuldigen. Pamela hatte keine Ahnung, wofür. Danach konnte ich nicht mehr anders: Ich erzählte ihr von dir.

Eigentlich wollte ich zunächst nur deinen Namen aussprechen und spüren, wie es mir dabei erging. Ich habe die kleine Sage von der Unbeugsamkeit der siebenten Welle zum Anlass genommen zu erwähnen, dass sie mir erst kürzlich wieder zugetragen wurde – »von Emmi, einer guten Bekannten«. Pamela war sofort hellhörig und fragte: »Emmi? Wer ist das? Woher kennst du sie?« Da hat sich eine Schleuse geöffnet, und es ist eine gute Stunde in einem Schwall aus mir herausgesprudelt, bis alles über uns verraten war. Das war tatsächlich, wie zum Exempel, eine dieser aufsteigenden, aufschäumenden, umstürzenden siebenten Wellen, wie du sie beschrieben hast. Eine Welle, die ausbrach, um zu verändern, um die Landschaft neu zu formen, sodass nachher nichts wie vorher war.

Angenehmen Badevormittag! Leo.

Drei Stunden später

Betreff: Abschied

2.) Was danach war? Nicht mehr viel. Ebbe. Flaute. Schweigen. Betretenheit. Kopfschütteln. Misstrauen. Kälte. Zittern. Schüttelfrost. Ihre erste Frage: »Warum sagst du mir das alles?« Ich: »Ich dachte, du solltest es endlich wissen.« Sie: »Warum?« Ich: »Weil es zu meinem Leben gehört hat.« Sie: »Es?« Ich: »Emmi.« Sie: »Hat?« Ich schwieg. Sie: »Ist es für dich abgeschlossen?« Ich: »Wir sind Freunde geworden, wir schicken uns

E-Mails, gelegentlich. Sie ist wieder glücklich liiert mit ihrem Mann.« Sie: »Und wenn sie das nicht wäre?« Ich: »Sie ist es.« Sie: »Liebst du sie noch?« Ich: »Pamela, ich liebe dich! Ich ziehe mit dir nach Boston. Ist das nicht Beweis genug?« Sie lächelte und strich flüchtig mit der Hand über meinen Hinterkopf. Ich konnte mir zusammenreimen, was in ihr vorging. Danach stand sie auf und ging zur Tür. Noch einmal drehte sie sich um und sagte: »Eine letzte Frage: Gibt es mich nur wegen ihr?« Ich zögerte, ich dachte nach, ich sagte: »Pamela, nichts ist ohne Vorgeschichte. Nichts ist nur aus sich selbst.« Da verließ sie das Zimmer. Damit war das Thema für sie erledigt. Ich unternahm mehrere Anläufe, mit ihr darüber zu reden. Ich sehnte eine Aussprache herbei, hätte auch ein schweres Hagelgewitter mit Flurschäden in Kauf genommen, damit endlich wieder ein klarer Morgen anbrechen konnte. Vergeblich. Pamela blockte jedes Gespräch ab. Es gab keinen Streit, keinen Vorwurf, kein böses Wort, auch keine bösen Blicke. Nein, es gab gar keine Blicke mehr, nur noch Streifschüsse. Ihre Stimme kam wie vom Tonband. Ihre Berührungen schmerzten, je weicher sie wurden. So taten wir weiter, als wäre nichts geschehen. So quälten wir uns durch mehrere Wochen, miteinander, nebeneinander, gemeinsam, synchron. Bis ich endlich begriff: Ich hatte Pamela nicht nur deine und meine Vorgeschichte erzählt. Ich hatte ihr gleichzeitig auch ihre und meine Geschichte erzählt. Und die hatte ich zu Ende erzählt. Da blieb uns nur noch der Abschied.

Am nächsten Morgen

Betreff: **So, so, so traurig!**

Hallo Leo, ich würde uns beide jetzt gerne mit irgendeiner kecken Blödsinnigkeit vom Inhalt deiner E-Mail ablenken. Aber diesmal schaffe ich es nicht. Ich hasse Geschichten, die schlecht ausgehen, überhaupt in der Früh. Du hast mich zum Heulen gebracht, und ich kann mich nicht mehr zurückhalten. Der Typ neben mir, den die Nacht hier vergessen hat, der

mit der Zahnspange über der Augenbraue, hat aus Solidarität sogar seine Zigarette auf halber Strecke ausgedämpft. Leo, ich finde das alles so, so, so schrecklich traurig, was du mir da schreibst und wie du es schreibst! Du tust mir so, so, so unheimlich leid! Ich würde dich jetzt so, so, so gerne umarmen und gar nie mehr loslassen. Du bist so, so, so ein Süßer! Und doch so, so, so unglaublich untalentiert in Liebesangelegenheiten. Du machst immer alles zur falschen Zeit, und wäre es an der Zeit, etwas zu machen, dann machst du es garantiert nicht oder nicht richtig. »Pam« und du – das konnte nichts werden. Ich wusste es, als ich sie sah. Gemeinsam Golf spielen, ja, okay, Bostoner Verwandte besuchen, zu Weihnachten Truthahn essen, eventuell ab und zu Sex (wenn es unbedingt sein muss), das verstehe ich schon. Aber doch nicht zusammenleben!
So, und jetzt muss ich mich rasch beruhigen. Draußen wartet Fiona. Sie will mit mir in die Shoppingmeile unseres ansässigen Fischerdorfes vordringen. – Das nächste tragische Kapitel bahnt sich an. Bis bald, mein Lieber. Emmi.

Zwei Tage später
Betreff: Drittens
3.) Und wie geht jetzt alles weiter? – Keine Ahnung, liebe Emmi. Ich bin erst bei der Stichwortsammlung für mein folgendes Halbjahresprogramm. Wenn du einen guten Tipp für mich hast, lass ihn mir bitte zukommen. Vielleicht werde ich den Rest des Sommers in Hamburg bei meiner Schwester verbringen und an der Nordsee auf eine bahnbrechende siebente Welle warten. Jedenfalls gibt es keinen Grund für dich, traurig zu sein oder dir Sorgen um mich zu machen. Ich fühle mich zwar ein wenig ausgehöhlt, aber erfreulich echt. Ich sehe wenig, aber was ich sehe, sehe ich klar. Zum Beispiel dich – im kroatischen Gruftcafé und am Strand, im grünen Bikini. (Enttäusche mich nicht und behaupte, er sei blau!)
Wenn ich richtig gezählt habe, bleiben dir und deiner Familie noch fünf Urlaubstage. Ich würde mir wünschen, dass du sie

ungestört genießen kannst. Ich werde meinen Teil dazu beitragen, werde mich in meine Stöße liegen gebliebener Seminararbeiten verkriechen und dir erst wieder schreiben, wenn du zurück bist. Danke jedenfalls für – dein Ohr, dein Auge, für deinen Berührungspunkt. Für dich! Du bist mir wahnsinnig wichtig. So, so, so sehr! Leo.

Drei Stunden später
RE:
Ja, doch, Leo, ich habe einen heißen Tipp für dich. Würdest du ihn bitte in deine Stichwortsammlung aufnehmen? – Donnerstag in einer Woche, 19.30 Uhr, Restaurant »Impressione«, zwei Personen, reserviert auf Emmi Rothner. Ich freue mich! Und wie ausgehöhlt auch immer: Lasse es bitte zu diesem Treffen kommen! Bitte, bitte, bitte! Gruftbussi, Emmi.
PS: Knapp daneben. Es war der braunweiße Bikini. Den grünen ziehe ich heute an. Damit du auch wirklich klar siehst, wenn du mich siehst!

Drei Tage später
Betreff: Impressione
Hallo Leo, du hast noch nicht ja gesagt zu Donnerstag. Ich will dich nicht drängen, ich will nur wissen, wofür ich mich hier täglich eine Stunde in die Sonne knalle, umringt von Liegestuhlmenschen, die ich für diese stumpfe, Hirn verflüssigende Untätigkeit noch bis vor einer Woche aus tiefstem Herzen bedauert hatte. Alles Liebe, Emmi.
PS: Grüße von Jonas »Spiderman« Rothner! Er hat mit mir gewettet, dass du ein passionierter Drachenflieger und Windsurfer bist. Ich dagegen tippe eher auf Strandpromenierer, Muschelsucher und Steinsammler.

Einen Tag später
Betreff: Geständnis
Liebe Emmi, ich wollte dich damit zwar nicht in deinem Ur-

laub belästigen, aber ich gestehe, dass ich Angst vor unserem Treffen habe.

Vier Stunden später
RE:
Ach, Leo, das brauchst du nicht. Es ist unser sechstes Treffen. Gefährlich wird erst das siebente. ☺
Außerdem – und hiermit modifiziere ich meine persönliche Tabelle der erotischsten Männer des Universums: Autorenn-Männer, Ferienmessen-Männer, Sandalen-Männer, Bierzelt-Männer, beleidigte Männer und – ängstliche Männer. Bis bald, Emmi.

Drei Minuten später
AW:
Liebe Emmi, was erwartest du dir von unserem »italienischen Abend«? Ich weiß, die Frage wird dir bekannt vorkommen, aber für mich drängt sie sich vor jedem anstehenden Treffen auf, diesmal ganz besonders.

Zwei Minuten später
RE:
1.) Antipasti di pesce
2.) Linguine al limone
3.) Panna Cotta
4.) Dazu, davor, dazwischen, danach, währenddessen und zum Wein dazu: Leo!
5.) Mir ständig gegenüber, akustisch präsent, stimmlich im Ohr, optisch im Auge, zum Greifen nah, quasi Kniescheibe an Kniescheibe: Leo!
(Wenn du versprichst, dass du, entgegen deinen Gepflogenheiten, nicht lange nachdenkst und sofort zurückschreibst, verharre ich noch ein paar Minuten hier in der Rauchhöhle.)

Eine Minute später
AW:
Wirst du mir anders begegnen als bisher?

30 Sekunden später
RE:
Leo, so etwas kann man nicht erfragen. So etwas erweist sich. Außerdem begegnen wir uns jedes Mal anders.

40 Sekunden später
AW:
Ich meine, wegen Pamela.

Zwei Minuten später
RE:
Ich weiß genau, wie du das meinst. Ich meine, wegen »Pam« werde ich dir nicht anders begegnen. Wenn ich dir anders begegnen werde, dann wegen dir. Oder mir. Oder anders: Wirst du mir anders begegnen, werde ich dir anders begegnen. Da du mir bisher immer anders begegnet bist, wirst du mir auch diesmal anders begegnen, werde auch ich dir wieder anders begegnen. Außerdem waren wir noch nie gemeinsam essen. Alleine indem du isst, begegnest du mir anders. Und ich werde darauf reagieren, ich werde zurückessen, das verspreche ich dir! Darf ich jetzt wieder aus der Gruft in die Sonne?

Drei Minuten später
Betreff: **Ich darf?**
Das heißt, ich darf in die Sonne? Also, ich gehe jetzt. Tschüss, Leo. Ich melde mich, wenn ich daheim bin. Bussi. Emmi.

Gleichzeitig
AW:
Natürlich. Bis bald. Schreibe mir bitte, wenn du wieder da bist. Alles Liebe. Dein Leo.

Drei Stunden später
Betreff: **Schöner Bikini**
Der Bikini gefällt mir. Ich mag grün an dir!

Einen Tag später
RE:
Na, du traust dich was!

Zwei Tage später
Betreff: **Ich zuerst**
Hallo Emmi, herzlich willkommen daheim! Streiche mich bitte aus deiner »Männererotik-Tabelle«. Ich freue mich auf morgen Abend, um halb acht, beim Italiener. Ich fühle mich unbeschwert. Ich habe nicht die leiseste Befürchtung, dass das Treffen daneben (neben unsere Ansprüche) gehen könnte. Leo.

Drei Stunden später
RE:
Der neue Leo: Wieselflink, todesmutig, ausgehungert, zu allem bereit!
(Danke für den netten Empfang. Und ICH freu mich erst!)

Vier Minuten später:
AW:
Die alte Emmi: Eindeutig gut angekommen!
(Danke für »ICH« und »erst«!)

Am nächsten Vormittag
Betreff: **Gesund geblieben?**
Liebe Emmi, bleibt es bei heute Abend?

30 Minuten später:
RE:
Ja, natürlich, lieber Leo. Ach ja, fast hätte ich vergessen, es dir

zu sagen: Bernhard und die Kinder kommen mit. Ist das okay für dich?

Zehn Minuten später
Betreff: **Scherz!:**
Leo, das war ein Scherz! Ein Scherz! Ein Scheeeeeeheeeeeerz!

Drei Minuten später
AW:
Na, das wird ein lustiger Abend! Also, ich melde mich jetzt lieber nicht mehr. Bis bald, Leo.

Eine Minute später
RE:
Ich freu mich auf dich!

30 Sekunden später
AW:
Und ich mich auf dich!

KAPITEL SIEBZEHN

Am nächsten Morgen
Kein Betreff
Ausgeschlafen?

Fünf Minuten später
AW:
Noch gar nicht eingeschlafen. Zu viele Bilder im Kopf, und süchtig, sie immer und immer wieder zu sehen. Wie fühlst du dich, Liebe?

Eine Minute später
RE:
Ich kann dir nur wünschen, dass du dich ähnlich fühlst wie ich, Lieber.

Zwei Minuten später
AW:
Verdopple die Intensität deines Fühlens, dann fühlst du dich etwa so, wie ich mich fühle, Emmi.

Drei Minuten später
RE:
Davon die Hälfte, und das mal vier, so geht es mir! Warum hast du mich eigentlich nicht gefragt, ob ich noch rauf zu dir komme?

50 Sekunden später
AW:
Unter anderem deshalb, weil du nein gesagt hättest, Emmi.

40 Sekunden später
RE:
So, hätte ich das? Habe ich so ausgesehen, als würde ich nein sagen?

Eine Minute später
AW:
Die nein sagen, sehen vorher selten so aus, als würden sie nein sagen. Andernfalls hätte man sie gar nicht erst gefragt.

40 Sekunden später
RE:
Weiß Frauenversteher Leo aus reichhaltiger einschlägiger Erfahrung zu berichten. Und nach hundert erhaltenen Nein, obwohl die Frauen gar nicht danach ausgesehen hatten, fragt er nun eben nicht mehr.

30 Sekunden später
AW:
Du hättest nein gesagt, Emmi. Stimmt's?

40 Sekunden später
RE:
Und du hättest absolut nichts dagegen gehabt, dass ich noch rauf zu dir komme, Leo. Stimmt's?

30 Sekunden später
AW:
Wieso glaubst du das?

40 Sekunden später
RE:
Wer so küsst und … äh … »umarmt«, hat nichts dagegen.

50 Sekunden später
AW:
Leitet Männereroberin Emmi von ihren unzähligen Kost- und Spürproben ab.

40 Sekunden später
RE:
Also wolltest du, dass ich noch rauf zu dir komme?

20 Sekunden später
AW:
Natürlich.

30 Sekunden später
RE:
Warum hast du mich dann nicht gefragt? Ich hätte ja gesagt. Ehrlich!

30 Sekunden später
AW:
Ehrlich? Scheiße!

50 Sekunden später
RE:
Aber die Szene vor dem Haustor war auch nicht schlecht, Lieber. Ich habe schon viele gute Haustor-Schmuse-Szenen erlebt. (Zugegeben, die meisten im Kino.) So gut und dauerhaft war selten eine. Und sie hat absolut keine Längen gehabt. Ich hab mich gefühlt wie mit siebzehn.

40 Sekunden später
AW:
Es war ein überwältigender Abend, Liebe!

50 Sekunden später
RE:
Ja, überwältigend, das war es! Nur eines verstehe ich nicht, Lieber.

30 Sekunden später
AW:
Was denn, Liebe?

20 Sekunden später
RE:
Wie konntest du, wie konntest du, wie konntest du?

30 Sekunden später
AW:
Sag schon!

40 Sekunden später
RE:
Wie konntest du vier von sieben Stück dieser sensationellen Penne Asparagi e Prosciutto in Salsa Limone stehen lassen?

50 Sekunden später
AW:
Ich hab's für dich getan!

30 Sekunden später
RE:
Das rechne ich dir hoch an.

50 Sekunden später
AW:
So, liebe Emmi. Jetzt melde ich mich ab, schließe die Augen, halte die Zeit an und träume – davon und darüber hinaus. Kuss!

40 Sekunden später
RE:
Schlaf gut, Süßer! Am Abend schreibe ich dir, was mir sonst noch aufgefallen ist. Kuss zurück! Nein, nicht zurück. Du kriegst

einen eigenen. Deinen behalte ich mir. Solche wie deine erhält man nicht alle Tage.

Neun Stunden später
Betreff: **Auffälligkeit**
Lieber Leo, bist du schon munter? Also: Du hast gestern Abend kein einziges Mal den Namen »Bernhard« in den Mund genommen.

40 Sekunden später
AW:
Du auch nicht, Emmi.

50 Sekunden später
RE:
Ich kann mich diesbezüglich beherrschen. Aber von dir bin ich es nicht gewohnt, mein Lieber.

Acht Minuten später
AW:
Du wirst dich möglicherweise daran gewöhnen müssen (oder dürfen), meine Liebe. Auch ich bin manchmal lernfähig: Bernhard ist deine Sache, nicht meine. Er ist dein Mann, nicht meiner. Wenn du mich küsst, ist das dein Gewissen, nicht meines. Oder es ist gar kein Gewissen, weil Bernhard ja von uns weiß … oder zumindest wüsste … oder damit rechnen müsste … oder es sich denken könnte … oder: Keine Ahnung, ich kenne mich nicht mehr aus mit deiner Version von Vernunft und Offenheit, ich habe den Überblick verloren. Nein, mehr noch, ich habe das Interesse verloren: Ich will nicht mehr über einen ewigen Schatten namens Bernhard springen müssen, wenn ich an dich denke. Ich muss auch nicht mehr vor Pamela insgeheim in den Boden versinken, wenn ich an dich denke. Ich denke an dich, wenn es mir passt, sooft und in welcher Art ich will. Nichts hindert mich daran, keiner hemmt

mich mehr dabei. Weißt du, wie befreiend das ist? Unsere gestrige Begegnung war für mich wie ein Quantensprung. Es ist mir gelungen, dich so zu sehen, als wärest du einzig und allein für mich da, als hätte man dich eigens für mich erfunden, als wäre das italienische Restaurant extra für uns eröffnet worden, als hätte man den Tisch absichtlich so gebaut, dass sich unsere Beine darunter berühren können, als hätte man den gelben Ginsterstrauch vor meinem Haustor ausschließlich für uns gepflanzt, damals vor zwanzig Jahren, in weiser Voraussicht, dass er aufblüht, wenn wir uns zwanzig Jahre später davor küssen und umschlingen werden.

Sieben Minuten später
RE:
Das hast du vollkommen richtig gesehen, mein Lieber. ICH WAR GESTERN EINZIG UND ALLEIN FÜR DICH DA! Und diesen Blick von dir, der mich und nur mich erfasst und alles rundherum verschwinden lässt, diesen Blick, der die gelb aufblühenden Ginsterbüsche für uns gepflanzt, die Welt für uns erschaffen sieht, diesen Blick, bitte, bitte, bitte, präge ihn dir ein! Trainiere ihn vor dem Einschlafen, wiederhole ihn beim Aufwachen, übe ihn vor dem Spiegel. Geh sparsam damit um, verschwende ihn nicht für andere, schütze ihn vor Zugriffen und grellem Sonnenlicht, setze ihn keinen Gefahren aus, pass auf, dass er dir beim Transport nicht zerbricht. Und wenn wir uns wiedersehen, dann pack ihn aus! Denn dieser Blick, mein Lieber, der wirft mich um, der macht mich wahnsinnig. Dafür allein hat es sich gelohnt, zweieinhalb Jahre auf E-Mails von dir zu warten. Leo, so hat mich noch nie jemand angesehen. So, so, so. Ja. Genau so. Das wollte ich dir noch sagen. Das war jetzt übrigens ein Kompliment, ein kleines, Süßer. Hast du's bemerkt?

Zehn Minuten später
AW:
Weißt du was, liebe Emmi? Hören wir auf für heute. Schöner kann es nicht mehr werden. Und so schön kann es vielleicht nur bleiben, wenn wir eine Nacht darüber schweigen. Ich küsse dich! Dein Leo. (Und jetzt gehe ich den So-so-so-Blick üben.)

KAPITEL ACHTZEHN

Am nächsten Abend
Betreff: **Frage**
Frage an den Schönschweiger: Wie lange gedenkst du unser »Uns« noch schönzuschweigen?

20 Minuten später
AW:
Frage an die Schönschweigbrecherin: Wie geht es mit uns beiden weiter?

Drei Minuten später
RE:
Das hängt von dir ab, lieber Leo.

50 Sekunden später
AW:
Nicht eher von dir, liebe Emmi?

Eine Minute später
RE:
Nein, mein Lieber, das ist dein großer fataler Irrtum, der dich schon die längste Zeit deines Weges begleitet, der dich nach Boston fehlgeleitet hat, der auch die Rückreise unversehrt überstand, der sich rasch akklimatisiert und an deiner Seite so richtig eingelebt hat. Leo, er klebt wie eine Klette an dir. Schüttle ihn endlich ab!

40 Sekunden später
AW:
Was stellst du dir vor? Soll ich dich fragen, ob du heute Nacht zu mir kommst und bei mir schläfst?

50 Sekunden später
RE:
Mein lieber Leo, es geht nicht darum, was ich mir vorstelle,

das weiß ich ohnehin, und du kannst dir gar nicht vorstellen, was ich mir alles vorstellen kann, überhaupt seit gestern. Diesmal geht es aber eindeutig darum, was DU dir vorstellst. Und, nein: Frage mich bitte nicht wegen heute Nacht!

20 Sekunden später
AW:
Warum nicht?

40 Sekunden später
RE:
Weil ich nein sagen müsste.

40 Sekunden später
AW:
Warum müsstest du das?

50 Sekunden später
RE:
Weil, weil, weil. Weil ich nicht will, dass du glaubst, dass ich eine Affäre mit dir will. Und, fast noch wichtiger: Weil ich keine Affäre mit dir will! Für eine Affäre hätten wir uns zweieinhalb Jahre und 37 Festmeter Buchstaben sparen können.

30 Sekunden später
AW:
Wenn du keine Affäre willst, was willst du dann?

40 Sekunden später
RE:
Ich will, dass du aussprichst, was DU willst!

20 Sekunden später
AW:
DICH!

Eineinhalb Minuten später
RE:
Bravo, Leo! Kam spontan, aus dem Bauch heraus, steht auch ganz gut da, noch dazu in Großbuchstaben. Aber was DICH? Dich lesen? Dich im Hinterkopf behalten? Dich in Gefühlsschränken herumtragen? Dich als Punkt in der Hand haben? Dich nicht verlieren? Dich verehren? Dich sehen? Dich hören? Dich riechen? Dich spüren? Dich küssen? Dich angreifen? Dich niederreißen? Dich schwängern? Dich aufessen?

50 Sekunden später
AW:
DICH ALLES! (Bis auf »schwängern«, aber warum eigentlich nicht?)

Eine Minute später
RE:
Schön, Leo! Am Höhepunkt deiner Verlegenheit zeigst du manchmal Ansätze, humorvoll zu sein. Aber ehrlich, wer hindert dich daran, mit mir all das zu tun, was du willst? Also, sag mir, wie es mit uns beiden weitergeht!

Sieben Minuten später
Betreff: **Sag!**
Leeeeeooooo! Bitte! Jetzt nicht wieder schweigen! Sag es! Schreib es! Du kannst es! Du schaffst es! Trau dich! Du bist so knapp davor!

Vier Minuten später
AW:
Gut, wenn du unbedingt lesen willst, was ich will, obwohl du es ohnehin weißt: Liebe Emmi, wollen wir, nein, willst du, oder kannst du dir vorstellen – okay, okay, es geht nicht darum, was du dir vorstellst, es geht darum, was ICH mir vorstelle. Emmi, ich stelle mir vor, ich würde es gerne mit dir probieren!

30 Sekunden später
RE:
Was »es«?

40 Sekunden später
AW:
Die Zukunft.

Eine Minute später
RE:
Die »Zukunft« ist weiblich und (deshalb) unberechenbar. Probieren wir es doch zuerst einmal mit »Zusammensein«, das wäre angemessen, das wäre sächlich, das wäre ein echtes »Es«. Das wäre es. Möglicherweise. Wahrscheinlich.

40 Sekunden später
AW:
Emmi, ich wusste ja, dass es vor allem darum geht, was DU dir vorstellst! Und was bitte unterscheidet »dein« Zusammensein von »meiner« Affäre?

50 Sekunden später
RE:
Der Anspruch, die Absicht, das Ziel. Eine Affäre will sich ausleben. Ein Zusammensein will zusammenbleiben, um sich vielleicht einmal so richtig schön zusammenzuleben.

Drei Minuten später
AW:
Liebe Emmi, im Falle eines so richtig schönen Sichzusammenlebens des Zusammenbleibens unseres (angedachten) Zusammenseins: Tut mir leid, ich muss dich das jetzt fragen. – Könntest du dir vorst... Würdest du dich von Bernhard trennen? Würdest du dich scheiden lassen?

20 Sekunden später
RE:
Nein.

40 Sekunden später
AW:
Na also! Vergiss es.

30 Sekunden später
RE:
Lieber Leo, sag nicht: »Na also! Vergiss es«, sondern frag mich: »Warum nicht?«

40 Sekunden später
AW:
Warum soll ich dich das fragen, Emmi?

50 Sekunden später
RE:
Frag nicht, warum du mich das fragen sollst, sondern frag mich, warum ich mich nicht scheiden lassen würde!

30 Sekunden später
AW:
Liebe Emmi, ich werde mir von dir nicht vorschreiben lassen, was ich dich zu fragen habe. Was ich dich frage, frage immer noch ich. Also: Warum würdest du dich nicht scheiden lassen?

20 Sekunden später
RE:
Weil ich schon geschieden bin.

Zwei Minuten später
AW:
Nein.

Zwölf Minuten später
RE:
Doch. Seit 17. November, 11 Uhr 33. Grob gerechnet: seit einem halben Jahr. Falls du diese unerquickliche Phase bereits aus deinem Gedächtnis gestrichen hast: Das war während unserer dreimonatigen Schreibpause, nach meinem Nacht- und Nebelbesuch bei dir, nach meinem verkündeten ENDE mit Großbuchstaben. Damals bin ich ausgezogen. Damals habe ich Bernhard alles über uns (beziehungsweise über den zweiten, ihm noch unbekannten Teil unserer Geschichte) erzählt. Damals haben wir offiziell, einvernehmlich und ohne Schuldzuweisung festgestellt, dass unsere Ehe nicht mehr gar so fantastisch gut dasteht und dass sie in ihrer verunglückten Stellung erstarrt ist. Damals haben wir die Konsequenzen gezogen. Damals haben wir uns scheiden lassen. Ja, so war das damals. Und es war richtig, dass wir es getan haben. Und es war gut, wie wir es gemacht haben. Es tat weh, aber nur ein bisschen. Den Kindern ist es gar nicht aufgefallen. Denn in den Abläufen hat sich nicht viel geändert. Wir sind uns als Familie erhalten geblieben.

40 Sekunden später
AW:
Warum hast du es mir verheimlicht?

Eine Minute später
RE:
Ich habe es dir nicht verheimlicht, Leo, ich habe es dir nur nicht gesagt. Es war nicht so, so, so – wichtig, ja, wichtig. Eigentlich war es bloß ein formaler Akt. Irgendwann wollte ich es erwähnen. Aber da kam uns »Pam« dazwischen. Da stand sie quasi vor der Tür. Da hätte es irgendwie nicht so gut gepasst, fand ich.

40 Sekunden später
AW:
Aber Emmi, Bernhard und du, ihr habt auf den Kanarischen Inseln einen idyllischen Versöhnungsurlaub zu zweit verbracht.

30 Sekunden später
RE:
Es war kein idyllischer Versöhnungsurlaub, es war ein harmonischer Gewohnheitsurlaub. Das sind auf der Skala der guten Urlaube die emotionell so ungefähr am weitesten voneinander entfernten Möglichkeiten. Wir waren mit uns im Reinen.

40 Sekunden später
AW:
So rein, dass du nachher wieder zu ihm zurückgekehrt bist. Für mich war das damals ein untrügliches Zeichen für die Festigkeit eurer Bindung.

Acht Minuten später
RE:
Und für mich war das damals ein untrügliches Zeichen für deine Gabe, die Dinge völlig falsch zu beurteilen, wenn sie gar nicht mehr falsch beurteilt werden können! Eindeutiger konnte mein Antrag aus La Gomera an dich nicht sein. Aber du hast ihn abgelehnt, indem du ihn überhört hast. Du hast die Wogen sausen lassen, in gewohnter Tradition. Seit wir uns kennen, hast du eine siebente Welle nach der anderen verschlafen, mein Lieber.

40 Sekunden später
AW:
Und deshalb hattest du dich für Bernhard entschieden und bist wieder zu ihm gezogen. Was gibt es daran falsch zu beurteilen?

Fünf Minuten später
RE:
Nein, Leo. Wir hatten lediglich unsere familiäre Wohn- und Zweckgemeinschaft wieder aufgenommen. So konnte ich die Kinder besser überblicken, wenn er auf Tournee war. Außerdem saß ich dann nicht mehr gar so verloren im Leo-Warteraum und starrte weiße Wände an.

50 Sekunden später
AW:
Das wusste ich nicht.

30 Sekunden später
RE:
Ich weiß.

40 Sekunden später
AW:
Es ist zwar noch neu und ungewohnt, aber es geht mir ziemlich gut dabei, es zu wissen.

30 Sekunden später
RE:
Das freut mich für dich.

Drei Minuten später
AW:
Und jetzt?

50 Sekunden später
RE:
Jetzt schlage ich vor, dass ich einen Whiskey brauche.

30 Sekunden später
AW:
Und danach?

Zwei Minuten später
RE:
Danach darfst du mich noch einmal fragen, ob ich zu dir komme. Inzwischen kannst du schon einmal damit beginnen, deinen Ginsterbusch-Blick zu üben und Wellen zu zählen.

Fünf Minuten später
AW:
Schon fertig mit dem Whiskey?

30 Sekunden später
RE:
Ja.

20 Sekunden später
AW:
Kommst du?

15 Sekunden später
RE:
Ja.

30 Sekunden später
AW:
Wirklich?

20 Sekunden später
RE:
Ja.

25 Sekunden später
AW:
Bis gleich.

20 Sekunden später
RE:
Ja.

KAPITEL NEUNZEHN

Drei Monate später
Kein Betreff
Bist du online, Süßer? Habe ich in der Früh mein Handy bei dir liegen gelassen? Kannst du nachschauen? 1.) Bademanteltasche. 2.) Schwarze Jeans (Liegt im Wäschekorb, hoffentlich hast du sie noch nicht gewaschen.) 3.) Kommode im Vorraum. Oder noch besser: Ruf mich an und lausche, wo es klingelt. Kuss. E.

Zwei Minuten später
Kein Betreff
Alles zurück. Ich hab's schon gefunden. Freu mich wahnsinnig auf dich!! E.

Drei Stunden später
AW:
Hallo Liebe, schön dich zu lesen! Schön dir zu schreiben! Könnten wir öfters machen. Tausend Küsse. Und hungrig sein! Bis gleich. Leo.